小寶神功再現

賜官精選文集

劉天賜 著

小寶神功

選堂署

www.cosmosbooks.com.hk

書　　名　小寶神功再現——賜官精選文集
作　　者　劉天賜
封面題字　饒宗頤
封面圖提供　李志清
責任編輯　林苑鶯
美術編輯　蔡學彰
出　　版　天地圖書有限公司
香港黃竹坑道46號
新興工業大廈11樓（總寫字樓）
電話：2528 3671　傳真：2865 2609
香港灣仔莊士敦道30號地庫（門市部）
電話：2865 0708　傳真：2861 1541
印　　刷　美雅印刷製本有限公司
香港九龍觀塘榮業街6號海濱工業大廈4字樓A室
電話：2342 0109　傳真：2790 3614
發　　行　聯合新零售（香港）有限公司
香港新界荃灣德士古道220-248號荃灣工業中心16樓
電話：2150 2100　傳真：2407 3062
出版日期　2023年7月 / 初版・香港

ISBN ： 978-988-8551-11-8

自序

《小寶神功》——這是我寫作以來最暢銷的作品。

時為一九八四年，庶幾四十年前矣。那年，買了金庸先生的《鹿鼎記》，因為任職的電視台要拍劇集（由梁朝偉飾演韋小寶，劉德華飾演少年康熙）。我剛巧出差日本，帶這套書看看；在東京帝國酒店，一開卷便不能停，一口氣看完（追看性好）。追小說，其實也為關照劇組人員該怎樣拍。真好書！先做筆記，後成書。

公司亦有出版書刊之「姊妹公司」——博益出版集團。便把拙作交由博益出版吧。（後來博益關門，改由次文化堂出版，另有台灣遠流版。）

我邀請倪匡先生作序，他一口答應；也請得饒宗頤老師題寫書名（後來再版書的封面竟然不用，幸重現於本書封面），這些都是寶呀！他們兩位是香港人偶像，且倪匡少替人作序，而饒公早年的題字也甚少有。

寫得如何，別人怎樣看，我不理。書中說的是儒家哲學。

「小寶神功」主張禮讓：不爭功，反而分功。香港地，職場人人爭功，搶功加薪，不會分功的，惟小寶神功卻要分功，實在是「逆天而行」。中國人常言「讓人三分」，分功，便是「讓」，且要不為人知才是好！幾多人可做得到？幾多人願意做？

分功難，不言人家是非更難！

日常我們都「以是非做人情」，說人家長長短短，可以提升自己地位，又可以使人畏怕你，何樂而不為！但是，談論的是非很多是「創作」出來的，無中生有的，害人不淺的，害人於無形之中，害人而不自知！是缺德也。

小寶神功教人不可做這種「人情」，想下都有罪。

小寶神功不是奉承之術，很多人誤解了。有一次，接受電話訪問，訪問者沒有先看書稿便提問，以為這是「擦鞋」教材，被我罵得狗血淋頭。

也是我脾氣不好之過。

這絕非教人奉承，只教人和平相處，不爭先、不恐後，持中庸之道。我吃中國飯長大，讀四書五經，一定遵從聖賢的教訓，己欲立而立人，故《小寶神功》書中主張的皆聖人所言所行，依之不會錯的。

謹此，謝先師唐君毅老師、牟宗三老師教我《論語》《大學》《中庸》《孟子》，得益良多。

但是，必須小心，一旦學差了，走偏了，會成敗壞之術，勿言之未預也。

當今之世，小寶神功乃最佳防身法也，必學為要。今由天地圖書再出精選文集，從《小寶神功》《處世金鐘罩》《蓋世神功》及《小寶神功語錄》之中選輯精華，讓「神功」再現江湖，真是好事呀！

劉天賜

《小寶神功》原序

序《小寶神功》——看透了韋小寶這個人

劉天賜先生把金庸小說《鹿鼎記》中的人物性格，作詳盡的分析，寫出了《小寶神功》一書，拜讀之下，深覺《小寶神功》堪稱人際關係的聖典。

人是群居的動物，極少人可以離群獨處、不和他人發生關係，所以，人際關係是任何成年人、甚至少年人所必須學習的一種生存方法。人際關係處理得好，許多情形之下，可以事半功倍。反之，則很可能作了十倍努力，一無所得，還惘然不知其理。

韋小寶這個人，一般讀者的印象是「不學無術」、「好吹牛拍馬」、「滿口髒言」……等等，為了替韋小寶辯護，先後寫過不少文字，這種「普遍的印象」卻很難糾正。讀了《小寶神功》一書，不禁大喜，因為畢竟有人，也看透了韋小寶的優點所在。《小寶神功》一書之中，就指出韋小寶是「一個老實的忠厚的朋友」、「對朋友義氣看得特別重要」。

這一點是韋小寶自小的性格，當他還是一個小孩子的時候，他不出賣茅十八，就表現了他這種性格。可以肯定，有這種性格的人，一定會有很多朋友，而「出外靠朋友」，得道多助，成功也必然。

劉天賜先生也指出韋小寶「不貪婪」。韋小寶極大方、疏財，深明有財大家發的道理，比起越有錢越孤寒的一些人來，自然可愛之至，也容易走上成功之路。

《小寶神功》也大大點醒了在上位者在人際關係中應該怎麼做，借讚揚康熙「識做」，指出了許多點，真值得許多在各種不同「上位」者借鏡，小寶神功訣云：「多留餘地。」真是可圈可點。

《小寶神功》中又有一段，論及人際關係之中，有時必須虛偽、必須有謊言，不能句句都說老實話，這更是金玉良言。雖然道學夫子或許會作反感狀，但不必聽道學夫子的話，本人意見與劉天賜先生一樣，在發表過的散文中，不止一次指出人際關係必然如此，若真是處處說實話，只怕在群體之中，寸步難行！

要明白小寶神功是甚麼，自然最好是看看這本書，這本書的結論是：「小寶神功不止是嬉笑、講好聽的話，小寶的做人處世精神，也是應該學習的。」

能學到韋小寶做人的精神，即熟讀《小寶神功》而付諸實行——套一句朱柏盧治家格言的結語：為人若此，庶乎近焉！

倪匡

一九八四年七月三十一日 香港

代序——致謝及敬告函

各位掏了腰包的讀者：

多謝你解囊買下這本《小寶神功》。雖然區區幾十塊港幣，但對我而言，你已成為我的讀者，願意花上無價的幾小時，看完拙作。小弟不才，自少不努力書本，卻愛好閒蕩；做事不專心，只喜遊戲人間。有負父母師長厚望。記得由幼稚園至中學的成績表批語中，沒有一位老師是讚揚我的。頂多是鼓勵。所謂鼓勵，即是實在太差了，罵也犯不着，倒不如說兩句好說話好使你下台罷！

大學教授、補習老師都一律見了我便搖頭，口中不說甚麼，但眼睛及表情卻告訴我：「你這小子，簡直浪費自己光陰、父母金錢，倒不如早些離校，另謀高就罷！」

至於品格方面，亦包羅了小流氓、小滑頭、小妖精的三大結合——好捉弄人、好潑皮，所以從小學至中學，受罰次數以千計。雖然如此，對於中國社會重視的情義，卻一直嚴格尊重。直至三十多歲，讀到金庸先生大作《鹿鼎記》，對主角韋小寶的性格，敬慕不已。很多人看小說、戲劇，都會把自己認同為劇中主角。所以有人感覺自己像賈寶玉、像羅密歐、像占士邦、像李小龍。希望認同韋小寶，我想，與我有同好者不會很多了。

世間上的人，都喜認同英雄、美人。可曾有人希望認同小流氓、小滑頭、小潑皮呢？

或曰：韋小寶娶得七個不同性格的美女為妻，值得羨慕、認同。小的偏偏不在這點向韋小寶認同。因為我覺得在今日社會，有七個如此佳麗為妻，並不是福，一個建寧公主，或一個蘇荃可能已使你短十年命了。我實在吃不消。或曰：韋小寶加官進爵，財源滾滾而來，值得仿傚。小的卻以為韋小寶為人疏爽，金錢名利對於他不算甚麼。

我之認同韋小寶，基於他善於適應環境和注重義氣兩個特點。

在此，我需向各位讀者敬告：你們看《小寶神功》之前，請先了解小寶神功是甚麼？要用甚麼心理去研究才能修到正果。

金庸先生在《韋小寶這小傢伙》一文中，他寫道：「他（小寶）大多數行動決不值得讚揚，不過在清初那樣的社會中，這種行動對他很有利。」所謂不值得讚揚的行為，我想是小寶的油腔滑調、下三濫的暗算功夫、言不由衷的嬉笑言論、虛偽的哭笑及誇張的謬讚等等。

這些是活生生的人的缺點，不值得讚揚與學習。不要因韋小寶有這些缺點令其性格突出，就模仿這方面，我們要研究學習他的，是他做人處世之道。

韋小寶出身妓院中，他沒有上過學，沒有受過禮教的教育。他做人處世之道，都基於他的本性及民間說書式教育（聽故事，明忠義）。這些做人處世之道，雖曰老生常談，卻萬二分合乎現代社會實際。

我發掘這些小寶神功時，其實有很多是穿鑿附會，動機是借小寶的行為，提出一點做人處世的方針。

這些方針包括：

一、如何使人下台。

二、如何使人對你放心。

三、做上司也要設法說服下屬，不要濫使高壓。

四、做上司忌被高捧，做下屬應守本份。

五、為人要真誠、忠厚。

六、做人要留有餘地。

七、常記雪中送炭。

八、不要爭功，卻要分功。

九、認識別人最忌的死穴，不要亂點；認識別人的喜穴，常要點到。

十、凡事讓人三分。

十一、小心招妬。

十二、經常稱讚別人。

十三、保護別人，不製造別人失面子機會。

十四、面皮厚有利於工作，切忌惡性厚面皮。
十五、修飾用辭。
十六、接受批評。
十七、不要矜誇。
十八、不要樹敵，留心眼睛的語言。
十九、忌「沒有錯」。
二十、爭取兩勝。
廿一、得勢須謙和。
廿二、不貪便宜。
廿三、借寓言說實話。

金庸先生在《韋小寶這小傢伙》一文中提出：只顧人情與義氣，不顧原則，許多惡習相應而生——產生拉關係、組山頭、裙帶風、不重才能而重親誼故舊、走後門、不講公德、枉法舞弊護短……這些不合理的人情義氣，使到中國社會烏煙瘴氣。金先生曰「韋小寶作風」籠罩了整個社會。

晚生愚見認為：這是從壞的方面去了解「韋小寶作風」。假若我們警惕壞的一面，作為反面教材，而推動善的一面，「韋小寶作風」也值得學習、讚揚的。

金先生命名這種缺點做「韋小寶作風」；我則命名這些優點做「韋小寶神功」，以資分別。希望各位從擇善、向好方面想的心理來看《小寶神功》，或者可啟示少許做人處世之道理。

另附錄《七個夠晒數》，專寫小寶與八個佳麗香艷的情況。失禮之處，向各位讀者拜過。

劉小寶 謹拜

《蓋世神功》原序

自序

近十年時興環保，保護環境之意也。愚見以為：保護環境不止於保護生活四周的環境，還須保護生活四周的人情，保護世界的人際、物際關係。能夠確保周圍的人際、物際關係，使生活在和諧之中，是人生快樂的本源，是人類生存的責任，也是作為宇宙中的一分子的天職。

「蓋世神功」的精髓，便是集合中國傳統祖先的處人處事處物智慧，啟發這種環保意識，使大家可在這紛亂之極的世界中，享受到和諧的一種方法。

「蓋世神功」並非滑頭的酬世技術，研究學習並不保證做人事事「成功」，名利色權滾滾而來，也不可以幫助渡過艱險的人生旅程，只可以使所感染到的人，生活愉快。因為善用「蓋世神功」，他周圍的人際、物際關係可能得到某程度的和諧而已。

其實，貪戀於浮名俗利色慾霸權的，內心便不會喜歡「蓋世神功」，縱使學習實行，只會走火入魔，傷己傷人做俗世小丑，不能達到生活於和諧環境之中，反而增加更多摩擦誤會衝突鬥爭矣。

本書分為兩大章目，第一章論及「蓋世神功」的技術，尤其着重於工商業社會中做人處世的技術，這些技術，不單止適用於辦公室之內，也適用於任何人群之中，應該不分資本主義社會或社會主義社會。第二章論及「蓋世神功」的心法。愛好此道中人，宜存有淡泊名利，輕視色、權的心態，從致力生活和諧的基本信念引出研究「蓋世神功」的興趣。

至於贊成與否，實用與否，獲益獲害與否，一概不必深究。我極之相信，得「蓋世神功」乃屬緣份，得益不須謝我，獲損也不必怨我。

劉天賜

識於一九九四年夏

#《處世金鐘罩》原序

《處世金鐘罩》總序——啟示學阿賜

「替我的啟示錄叢書寫個序如何？」阿賜官突然問我。

嘩，咁偉大差使，我頂唔順㗎。

好喇，勉為其難，頂硬上。

首先講吓乜嘢叫做「啟示」（Revelation）。

據海丁氏（Dr. Hastings）著《聖經辭典》（一九五六年香港「廣學會」出版）：「啟示二字，在《新約》，原文係揭開之意。依此言之，啟示者，即上帝特示其神性於人，如揭去上帝面上之帕，而使人心眼得見光明也。啟示之字義，包含甚多，就廣義說，凡是事可以廣人之知識者，即啟示也。就狹義言之，得知上帝意旨，乃真啟示也。」

《舊約》是最古老的人類歷史，但又最永恆，因為人性很universal，很 never-ending，從中發掘知識，給今人今社會啟示，替今之人性行為模式找尋規律，這就是劉氏寫這系列叢書的意旨也。

其實，整部《聖經》都很重視啟示文學，尤其《新約》最後的篇章《啟示錄》（*Apocalypse*），更是啟示文學中的奇葩也。

沒錯，自從皇牌《啟示錄》面世（相傳耶穌門徒約翰在 Patmos 島上得啟示而寫）之後，就出現了 Apocalypticism——可譯作「啟示主義」或「啟示學」，而啟示學者（Apocalyptist）窮其畢生智慧，追尋和傳播啟示知識。

我們的阿賜這幾年致力開拓香港文化的「啟示學」，而且係廣義的應用，例如他的《三國啟示錄》、《春秋啟示錄》，而甚至他的《小寶神功》和《處世金鐘罩》都屬於啟示學問。

我曾經對他說：「喂，你的啟示學，大可以開山立派了！」

「好呀，值得考慮！」

不過，做智者唔容易，因為平日言談要表現得機智……

例如，某日我們一班行政人員認為今之打工仔唔畀面老細：「唉，佢哋正一係打工皇帝！」

阿賜妙語：「所以，我係打工奴隸。不過，喺奴隸之中，我係伊索！」

是了，伊索，奴隸出身，他充滿啟示學的機智寓言傳誦千多年至今，實在好值得為他寫《伊索啟示錄》也。

「賜官，你認為怎樣？」

吳昊

目錄

第一章　小寶神功

第二章　江湖秘笈

第一章

小寶神功

「鳥生魚湯」

題目「鳥生魚湯」出於《鹿鼎記》。

韋小寶向康熙說：「……他們恭維你是甚麼鳥生，又是甚麼魚湯。奴才也不大懂，想來總是好說話，聽着可開心得緊。」康熙一怔，隨即明白（真是聰明極），哈哈大笑，道：「原來是堯舜禹湯，他媽的，甚麼鳥生魚湯。」

稱讚皇帝為聖主，媲美堯、舜、禹、湯，當然是最佳最妙的比喻。在中國歷史上，尤其在儒家思想的歷史觀裏，差不多沒有一任皇帝會比堯、舜、禹、湯更好的了。稱讚別人，須有個比喻，用襯托法會使讚詞更豐富更生活化。

一次，我到朋友譚君家作客，譚太夫人親自下廚，我讚道：「中國只有三位母親最好！」

「哪三位？」

「一、孟母；二、岳飛母；三、譚母。」譚兄、譚嫂、譚太夫人聽了，高興。雖然語中稍有說笑成份，但人家聽了，心裏總會甜甜的。

原來人的心裏有兩處是最敏感的。大家千萬要留心觀察，仔細研究這兩點。尤其對你的親密朋友、上司、太太、女友、父母和兒子。

這兩點是相反而相成的：

第一點，是最忌點。

第二點，是最喜點。

俗語說：「崩口人忌崩口碗。」這是說，「崩口人」的最忌點，就是諷刺他的崩口，所以如果用的碗是崩口的，也會很敏感地覺察得到。每一個人都不會是完人，也不會是聖人，他們都是凡人。凡人皆有所忌，就算他掩藏得多麼好，忌點也實實在在地存在着，這可謂是性格的死穴。他無論平常多麼談笑風生、嬉皮笑臉，挖苦取笑到這個死穴，就會立刻產生嚴重反應。面色下沉，血壓升高……或破面罵人打人……任何的變化也可能發生。

不要以為他和我關係良好，或者他和我親如父子、夫婦、兄弟、死黨，就可以視死穴如無物。這個死穴任何親人也不可以碰，連提也不可以提。

小心有些人特別多死穴，這種人大家得敬而遠之，他們沒有朋友親戚，也是活該的。有些人只有少許死穴（可能功夫練得爐火純青），但也萬不能碰，也不能故意或無意、直接或間接接觸到。

有人五六十歲，功夫還是幼嫩，死穴流露出來，仍十分敏感。有人看破紅塵、睇化世界，而往往卻死守這個穴道，執迷得死去活來。

記着我一句話：一經發現這個死穴，就盡量遠離它。小心自己的言行，萬勿以撩死穴為樂。

通常人類的死穴在他的身世、缺點、思想……等等地方，也有情況不同的，個別情形要看個人而定。

第二是喜穴——最高興聽到的説話。這個穴道的性質與死穴剛好相反，要經常提到、點到，才有快感，才覺歡喜。

情況跟死穴一樣，任何一個自謂品格清高、隨心所欲的人，也有這個喜穴，算他怎樣深藏不露，一經點到這個喜穴，也樂得不可開交！

韋小寶點康熙的喜穴最為拿手。稱康熙為「鳥生魚湯」，這是皇帝這個身份最喜聽到的讚詞。這個喜穴反應起來，使他「龍顏大悅了」。

與其點人死穴，不如點人喜穴，兩者都是「點」，效果卻有天淵之別。

韋小寶點康熙的喜穴，也會點其他人的喜穴，試看他和陳近南的對答：

陳近南收他為徒，又恐怕會中的人不尊敬他，故此道：「現下會中兄弟們敬重你，只不過瞧在我份上，但我總不能照應你一輩子。將來人家敬重你，還是瞧你不起，一切全憑你自己。」

這是番苦口婆心的戒語。好一個韋小寶，便藉此點陳近南的喜穴。

他道：「是，我丟自己的臉不打緊，師傅的臉可丟不起。」陳近南搖頭道：「你自己丟臉，那也不成啊！」韋小寶應道：「是，是。那麼我丟小桂子的臉好了。小桂子是韃子太監，咱們丟小桂子的臉，就是丟韃子的臉，那就是反清復明。」

韋小寶知道陳近南一班義士，最憎惡滿清，他也領略不到陳近南一番忠誠，只從點喜穴的方向想，被他轉過話題，說要丟韃子的臉，更進一步，推論到反清復明。他的對答，基本上與陳近南一番說話風馬牛不相及，但卻點中陳近南恨滿洲韃子的喜穴。陳近南哭笑不得，只有長嘆一聲，說他講錯不是，說他講對也很難，故實不知如何教導才是。

死穴我反對去點，不在此話題，點喜穴卻有手法：

一、不可常點。魚翅吃得太多也會乏味，也不可連點，經濟學上的邊際遞減這個道理你明白不明白？

二、點穴要揀時間、地點，不可忽視這些因素。在人家頹喪時，難道要人悲中求喜嗎？錦上添花到底受人歡迎。

三、要因人施「點」，有些人喜穴穴位淺，一點就着；有些人穴位深，就要用些「內力」、「技巧」了。

再舉一個普通例子：

我以前說話很「鈍」，有人問我某婦人美不美？我答道：「我從來未見過美女。」

於是一竹竿打盡一船美女。哪有人喜歡聽呢？同一句說話我改為：「我一生人未見過醜女。」意思完全一樣，但聽起來總是順耳得多！橫竪都是一句說話，怎可以揀最難聽的講呢？

推而廣之，對人都是一句說話，為甚麼不從喜穴或其旁邊去講，要找人家死穴或旁邊地方去刺激人家呢？

這個故事教訓我們：

親如父子、兄弟、夫妻，也不可刺激他們的死穴。

親如父子、兄弟、夫妻，也要常常記着點他們的喜穴，使大家高興、愉快。

何況朋友、上司、下屬呢？

光棍家訓

康熙喜歡韋小寶的原因很多，最主要的是韋小寶是一個老實、忠厚的朋友，不要看輕他出身在揚州妓院，他粗鄙之中、失教之下，對朋友義氣看得特別重要。

其次韋小寶不貪也是一個原因。生長在物質社會，做到不貪婪是很難得的品格。康熙知他在五台山花了很多錢，命他到內務府去領還。康熙也不問數目，他愛開多少虛頭，儘可自便。哪知小寶答道：

「不瞞皇上說，上次你派我抄鰲拜的家，奴才是很有點兒好處的。當時不好意思跟你稟報。這次去五台山一見到老皇爺，受了他老人家的教訓，明白對皇上甚麼壞事都不可做，於是把先前得的銀子，都布施在廟裏了，也算是奴才幫皇上積些福德，盼望菩薩保祐老皇爺和皇上早日團圓。這筆錢本來是皇上的，不用再領了。」

假想你就是康熙帝，聽了這番説話，哪有不心甜之理。第一，臣下對你坦白，不似其他官員虛偽奉承。第二，處處替你着想，點中你的喜穴。第三，不借故貪婪。有如此「夥計」簡直是做皇帝之福。

我們日常生活之中，一定有很多機會可以得着一點便宜的。你會怎樣處理便宜呢？口中掛着不貪便宜是件易事，實際實行起來，卻身不由己。

韋小寶為人疏財、無機心，不貪便宜是他本性，我們不一定與他性格相似，又怎會不貪便宜呢？

但細心一想：世界哪有這麼多便宜？粵語有云：「邊度有咁大隻蛤乸隨街跳！」太過明顯的便宜一定是一個陷阱、一定是一塊魚餌。它正向你的貪念招手、引誘。一旦上釣，付出的代價還多百倍！

粵俗語也云：「光棍佬教仔，便宜莫貪！」光棍之所以能欺騙人，全靠放出便宜。一經動了貪念，就產生了弱點，容易走向失敗之途了。

亦有人會過度高估自己，認為明知是陷阱，也可以使設陷阱的人，賠了夫人又折兵，吃了他的便宜，又不上他的當。

這個險實在太大了。因為設陷阱的人在黑、閣下在光。形勢上已失去優勢，自己估計對方實力不周，對方卻洞悉你的實力，哪有既偷吃了餌又逃得過鈎的魚呢？

再者，給予便宜的對方，不一定開明車馬放餌，也有用很間接、委曲的方式設陷阱，一步一步的引你入局，一步一步的增加你付出便宜的代價！

我認為世上絕無不勞而獲的東西、絕無便宜的便宜。一旦便宜在你前面出現，就是亮起一顆危險的訊號的紅燈，大家得小心。不主動上釣、不甘心上釣，釣者是奈不了何的。

再引小寶遭遇為戒：方怡與小寶上蛇島遊玩，聽聞水手說島上有仙果，吃了長生不老。到給毒蛇咬了，救他們的漢子「嘿」的一笑道：「倘若真有仙果，他們自己又不來採？」

留有餘地

康熙是成功的君主。《鹿鼎記》中，他英明神武如諸葛亮，韋小寶逃來逃去，都逃不出他的五指山。

一位英明的君主，或一位精明的下屬，除了英明、精明之外，還要曉得做人的道理。康熙年紀雖小，他曉得做人要留餘地的道理。

諸君請看故事：

康熙揭穿小寶是韋香主的身份後，聲明知道陳近南等一干人會在他府上開會，召了炮兵圍攻。但恐小寶會通知各人逃避，便如此吩咐多隆：

「外面還有人要行刺韋小寶，你好好保護他，不得離開他半步，更加不能讓他出宮。」

這段命令，是從關懷小寶生命安全作出發點，要好好地保護他。其實康熙是顧全了小寶的面子，留有很多餘地，才這樣客氣吩咐多隆。要是別的君主，大可以把小寶收入天牢，重門困鎖，相信你插翼難飛。或者可以用較強硬語氣，直接吩咐看守小寶，用不着這般巧妙對白來吩咐多隆。

凡做人處世，應該計算「餘地」。假定任何事情，都不能有轉圜餘地，我可以想像，任何一件事，都會失敗多於成功。

優勢者更甚。因勢已佔優，所剩的餘地必少，處處緊迫，只有造成霸道。多留餘地，好等對方自己有充份的彈性轉圜，必定可使事情更加圓滿解決。

小寶神功學者，不可不知。

「應該」即是沒有

你自己作一個測驗：

可曾說過：「這……這應該做得到」、「這……原則上做得好」、「道理上是可行的」、「本來是這樣的」、「我想是這樣的……」等等應酬說話？

我老實告訴諸位讀者，說這些話的人，根本是講着相反的意思。「應該做得到」即是「現在做不到」，「原則上做得好」即是「現在是做得不好」。如此舉一反三，你們定當明白這些詞語，其實指示一樣意思：「做不到。」

你留意下屬、朋友、子女答覆時用這種模式，你留意自己不肯定答案時，也自然流露這種答話模式。

人類社會就是不容許你直接答覆別人，尤其己方疏忽大意、犯錯的時候。我們會找一些有「體面」的詞語、用字，使到答覆漂亮一些、大方一些。

我對於這種表達方式，並不加以厚非。人類社會就需要彼此些少虛偽來維持大家面子，如果忍受這一點點虛偽也視為不正直、邪惡，我想只有效法魯賓遜先生，獨居孤島才能生活了。

我稱這種為：良性的虛偽。

讀者大人們、道學先生們、禮教老師們，你們萬莫見笑，萬莫苛責。我認為人與人相處之中，真誠最為重要。但，太過真誠坦白，終於會破壞相處之道的。

假若老妻問我：「今天弄的餸美不美味？」我真誠坦白如實招來：「你的水準還差呢！」

我看老妻也會反面。

君臣、父子、兄弟、夫婦、朋友之間，如過度真誠坦白，肯定對感情有損。親如父子，也要有適當的良性虛偽，本於真誠的虛偽。

我們這種動物，除了獸性之外，還有人性。人性最大的特點是好維持面子。面子是甚麼？你答得出來嗎？對，有很多答案。嚴肅些來說：面子就是尊嚴。人在人群社會生活中，建立了自己的地位，與其他人發生社會關係，使自己能「扮演」一種關係上的角色。這角色便有他的價值。我們稱這個價值做「尊嚴」。

五十年代電影中常有這句對白：「你冇人格……你侮辱我的尊嚴。」人格、尊嚴狹義地說，代表了人在人群社會中的角色地位、擁有的價值。

為了保護、保障這個價值，有人甚至犧牲性命也在所不惜。假定我們保障這個價值是值得的，是對整個社會有貢獻的，我不敢反對。

假定我們保障的，只是一個虛有其名的價值，我也不會反對。因為這是人群相處之道。

說得艱深一點吧！讓我簡單一點說：大家叫「虛有其名的價值」做「假」，戳破「虛有其名的價值」做「丟假」，廣東話叫「甩面」、「失威」。

一個人的「假」、「面」、「威」是他在社會中的支柱，一些人靠這些「假」、「面」、「威」而生存，而與各位見面、相處。如果閣下去「丢」他的「假」、「甩」他的「面」，「失」他的「威」，就猶如揭破他的肚皮、剖開他的心臟、脫光他的衣服，這個人還可以再在人群中立足出現嗎？

你自己再細問自己，如果自己給人「丢假」、「甩面」、「失威」，自己的感覺會怎樣呢？這不是金錢上、物質上可彌補的損失，你會精神痛苦極了。

莫看小這「假」、「面子」、「威」。小孩子懂得合群生活就具有這種意識了。鄙人年幼之時，受盡老師、補習先生、父母丢「假」。當時尊長們沒有留意到小孩子也有「面子」這樣東西，他們對於責罰孩子視如善事，但可曾想到，責罰孩子之餘，有沒有損害到他們的「假」、「面子」呢？

「小寶」這門學問之所以是很高層次的功夫，因其精於保護、保障別人的「假」、「面子」、「威」。不遺餘力地維持各人尊嚴，盡量不去丢人假，也不能製造機會使人丢假。

話說吳立身與劉一舟兩師叔侄鬥起嘴來，吳立身諷刺劉一舟在清宮中貪生怕死，一聽到殺頭，忙不迭的大聲求饒。劉一舟聽到他揭破自己在清宮中膽怯求饒的醜態，默不作聲。

這正是兩雄相恃、十分難下台的時刻。只見那韋小寶笑道：

「好啦，好啦，吳老爺子，劉大哥跟我大家鬧着玩，當不得真。我向你討個情，過去的事，別跟柳老爺子說。」

一句說話，擺平了一場鬥爭。

另一挽回神龍教內鬨的事例：

小寶初到神龍教，教內發生內鬨，教主和夫人跟一班使者打得死去活來，他知道插手幫任何一方都會惹來過橋抽板之禍，當下他伸了伸舌頭，笑道：

「教主我是當不來的，你們說這種話，沒的折了我的福份，而且有點兒大逆不道。這樣罷，教主、夫人，大家言歸於好，今日的賬，雙方都不算。陸先生、青龍使他們冒犯了教主，請教主寬宏大量，不處他們的罪。陸先生你取出解藥來，大家服了，和和氣氣，豈不是好。」

神龍教在此時刻，已近兩敗俱傷，韋小寶掌握這個時機，站出來做一個中間人，使兩方都不致丟假，豈不見他處事圓滑之處耶？

這段故事教訓我們：

「假」明知他是假，「面子」明知是虛妄的面子，「威」明知是做作的威，我們也要設法保護，保障別人不致丟假，自己不致丟假。

神龍教訓

韋小寶初遇神龍教眾，被迫念神龍教經。經曰：

「神龍教主，神通廣大，壽與天齊，永享仙福：神龍教主，戰無不勝，勝無不戰。神龍教主攻無不克，克無不攻。神龍教……」

明明是蛇島，也要美化了名詞曰「神龍」島。

明明是邪教，也要說成是正教。

神龍教教訓了我們甚麼？

《鹿鼎記》作者金庸先生當然暗喻了某些東西。用神龍教主諷刺了一些野心家。但從另一個角度去看這些肉麻、有趣的字眼，卻發現另一番道理。

首先，我們得了解每一個人都喜歡聽客氣的說話，又喜歡聽恭維的說話。沒有人喜歡聽侮辱、責備的說話。

我們與人相處，離不開語言、文字、動作、表情的表示。與其是同一句說話、同一意思的說話，為甚麼要採用人家最難接受的方式呢？

從韋小寶的言語中，啟示了我們要用別人最容易接受的方式，可以使人與人之間相處得更和洽、更快樂。

這種形式有以下的原則先要認清楚：

一、不亢不卑：使人感覺你不是在諷刺或者在奉承。

二、恰到好處：使人感覺你出於由衷。

三、真誠坦白：使人知道你品格高尚。

四、並無他求：使人放心接納。

原則講過，我舉些例子，好等各位讀者舉一反三，修飾一下平常交談的用詞罷。

拜託：常用於請人家幫手，有個「拜」字就顯得十分恭敬。

指教：常用於向人請教。

賜示：請人發表意見。

領教：當別人提出了意見的謝詞。

請吩咐好了：十分客氣的接受。

提供：想給人家意見或者有時你反對別人的意見言論時，又不好直接駁斥，便客氣地說：「我提供另一個方案給你參考，好不好？」提供有由下向上提議的意思，別人聽到一定樂意接受，起碼受落了「提供」二字。

配合：與別人一起工作，無論是你領導或被領導，都可用「配合」這個字眼。配合含有為你工作，是你做主體，我來相配的意思。

遵命：尤其是向平輩用此詞十分得體及實用，抬舉平輩的身份高於自己一級，要遵他的命，自然產生好感。向下屬用則有些諷刺意思了。

恭敬不如從命：這件事橫豎都做了，不如替要求你做這事的人貼金。說句「恭敬不如從命」，既表達了尊敬他，又表達了從他的命，多麼好！

盛情難卻：推也推不掉，要接受時，不如讚美一下才接受，「盛情」一言，恭維得很。

過獎，本份的，應份的：這都是人家對你客氣時，你的答詞。

中國文字還有很多很多這些謙虛而有禮貌的對答用詞，我奇怪香港人多不採用（年老的反而多用客氣語）。俗語說：「禮多人不怪。」千萬不要有一種誤解自謙的觀念，認為自謙就是卑下，是奉承、阿諛別人，大失身份。自謙是一種美德。

話又說回來，像神龍教教語的話，實在是太肉麻了，這個不值得去學。

所以用詞得當是最重要的。

迫人騙己

讀《鹿鼎記》神龍教一段有感。

小寶在普濟寺中向胖頭陀信口胡吹，說甚麼唐碑文中已載有預言，是唐朝開國軍師徐茂功寫下的，說大清有個神龍教洪教主，神通廣大，壽與天齊，並記八部《四十二章經》所藏之處。

胖頭陀以為立功，回來神龍島稟報了教主。陸高軒等要自圓其說，當然不會從實向教主坦白道出情由。於是就要杜撰一篇似模似樣的石碣遺文，好等韋小寶背給教主聽。

陸高軒一干人等，就是如此懼怕神龍教主，不肯向他坦白，不敢說出真相來。反之，經常附和、讚美、說甚麼「恭讚慈恩普照，威臨四方洪教主寶訓：眾志齊心可成城，威震天下無比倫！」「教主仙福齊天高，教眾忠字當頭照。教主馭穩萬年船，乘風破浪逞英豪，神龍飛天齊仰望，教主聲威蓋八方……」

這是一種歷史的寫照。

古往今來，多少個皇帝都喜歡聽讚揚自己的説話，這是人之常情，無可厚非。但是這種讚揚的説話聽多了，就會漸漸慢性中毒，漸漸相信自己真是至高萬能、英明神武、任何一種力量都能駕馭的神仙。只有皇上的決定才是正確，只有聖裁才是英明的決定。

這種「自以為萬能的毒」就是下屬培養給皇帝吃的，皇帝慢慢中此毒而不知。

皇帝的威勢建立起來，就不可再減低光彩所以下屬臣子都會修飾好事件，才向皇帝奏稟，用現代用語，即是做好表達方式才向上表達。大多數這些修飾都會避重就輕、巧妙運用詞語，使到皇帝保持至上無錯的形象，亦甚至乎串謀欺騙、瞞天過海。

陸高軒偽造的碣石碑文，就有串謀韋小寶、胖頭陀欺騙洪教主之嫌。

他們知道坦白說出真相，不止韋小寶有禍，胖頭陀和一干人等都有禍，為了要「補鑊」，就不惜把事件隱瞞到底，揑造碑文騙下去。

陸高軒等不真誠的行為也許是歷代很多臣子的寫照。我不贊成他們的做法，但卻同情他們的行為！為甚麼下屬會對上司不坦白呢？查其究竟，也是因為他們懼怕上司所然。

一個明君，能分清事理，管理得宜，必定不會使臣下害怕；一位聖主，能謙虛下問，參考意見，必定不會使臣下隱瞞真相。「物必先腐而後蟲生」，作「君」的、作上司的一定有他的缺點，才會使下屬畏懼，進而串謀欺騙。

一位明君、上司一定知道自己也有過錯、也有不健全的缺點，才不會中了「永不會錯」的毒素。能受諫、受勸的上司不會使下屬畏懼而不進忠言，下屬也不會串謀欺騙、粉飾過錯。

上司視下屬為兄弟，下屬定當視上司為父母、兄姐。

道理似乎是簡單，可惜歷代君主、當今幾多個上司能夠做得到呢？

讀者大人：你是上司，你有否中毒？你是下屬，有否下毒？細想一遍好嗎？

五龍令下

再談得勢應饒人。

韋小寶這位仁兄，受人喜愛的地方是甚麼？他為人真的沒有「敵人」。

大家先看這一段故事：

假太后發現韋小寶在建寧公主的睡房嬉戲，想一掌了結了他，忽然「啪」的一聲，神龍教的五龍令跌了出來，形勢立刻改變。假太后立刻服從起來。

韋小寶道出他正是神龍教的新任白龍使者，他持有五龍令，如持有神龍教主上方寶劍一樣。假太后也吃了「豹胎易筋丸」，怎可以不服從教主派來之使者的命令呢？韋小寶可謂立刻從極危險的地步，轉為最有利的位置。

要是另一個普通的人，自然會藉此機會狐假虎威，以前假太后對他的種種無禮、種種欺負、種種威脅，都會一一報復，要不然也會反賓為主，處於下命令的位置，使假太后也嘗嘗被欺負、被威脅、被斥罵之苦。然而，韋小寶就是韋小寶，他的特性就是得勢便饒人。你看他怎樣？

韋小寶心想：「她嚇得這麼厲害，可得安慰她幾句。」說道：「教主和夫人說道，只要你盡忠教主、不起異心、努力辦事，教主總不會虧待你的，一切放心好了。」

諸君請看，韋小寶對於一個大敵——經常想殺他的假太后，也付予同情、給予安慰。這個得勢的時刻，一百個人之中，起碼有九十九個會利用時勢，作威作福。小寶並不是白痴，或者他傻到不了解自己所處之位置，而是小寶天性純厚，不作小人之想罷了。這是小寶神功值得學習的地方。

再請看韋小寶以下的表現：

假太后恐怕辦事不力，想把責任推到已死的同事鄧炳春、柳燕兩人身上，可惜韋小寶早知內情。

小寶心想：「……我暫時不揭穿你的西洋鏡。」

韋小寶身為白龍使者，又有五龍令在身，外邊又有胖頭陀、陸高軒幫手，哪會怕假太后對他不利？他之不去揭穿假太后的心事，又是一次得勢好饒人的證明。

一朝得勢，便趾高氣揚、不可一世之徒，應好好地學習韋小寶這種風範。俗語有云：「有風不可駛盡㦸。」其中的哲理，就是做人處世應當有一定的修養和氣度，獲得優勢可能是一時之機，藉此機會而目空一切，到失勢時，便失去了別人的同情、幫助，只能得到譏諷和恥笑。反之，得勢時，態度謙和，對曾壓迫你的人以德報怨，不止消弭了敵意，反而種下善因。

小寶神功不止是嬉笑、講好聽的話，小寶的做人處世精神，也是應該學習的。

無形的圈子

友人陳君問：「何謂人緣？」

我不知如何去答。想了頗久，提供大家參考。

人和人之間果真有緣份？有緣份的，大家相處得很好、很快樂；沒有緣份的，會怕見面，甚至提起名字也打個冷顫。

然則「酒逢知己千杯少，話不投機半句多」是前生積孽？或是大家星座相斥？或是八字不調？或腦電波頻率難配呢？

你有沒有發現在你的朋友、同事中，有些人是特別好人緣，每個人都能與他交上朋友；而有些人特別不好人緣，每個人都會和他發生摩擦的呢？

如果把「人緣」這個抽象名詞說得玄學一點，我認為太脫離了現實，人不知人，怎能知天？

我只能夠從人與人之間相處的情況下去講：

假如某君和大多數朋友、同事都「夾」不來的話，他一定經常使他的朋友不高興了。

為甚麼人會不高興呢？簡單得很，不受尊重，哪會高興？

尊重別人乃與人相處最佳之道。

表面上，大家都似乎十分尊重，但實質上又如何呢？

自我中心重的人一定對別人的尊重會減低，因為太尊貴了自己。

自我中心的人，就好像有一個無形的圈子，自己把自己密密的箍着，只知有己，不知有人。他們會自視很高，失卻了謙卑的品性。自視一高，就會經常教訓別人。請記着：人是不喜歡被教訓的動物，任何一個人除了甘心拜人為師外，都不喜歡其他閒雜人等的教訓。對方不是你門生，不是心悅誠服的佩服你，而你又拿出教訓、教導的語氣和作風，一定引起反感，哪有人緣呢？

我們只能勸朋友、諫上司，不能教訓朋友，更不能教導上司。

自視高的人還會不接受別人的意見。

這也是一個鞏固的金剛圈，任何電鑽也鑽不入。一旦在心裏的見解成立，就會死命堅持，無論忠言好、道理好，一概不能接受，內心已藏在一個地庫的大保險箱內，永不再開啟。

周圍的朋友、同事費盡唇舌，也得不到接納，大家只好節省能源，再不加口，日久生疏，人緣掃地。

自視過高的人不受批評、不受指責。

人誰無過？有人去批評，有人來指責，即代表有人關心，有人看不過眼。能夠接受批評而察覺到批評之所得益，從而改良者，是一個能不斷進步的人。反之，不受批評、怕人指責的，一定永遠停留在一定的地步。不進則退，很容易落伍。

不容批評的人，自然少朋友、多敵人。少朋友，因為他拒絕了他人的意見。多敵人，因為他拒絕了善性的批評，反引出惡性的評論，對你有惡性的評論者，不叫敵人叫甚麼？

把自己放在世界中心，封閉了自己與人的交通之道者，說甚麼愛心、原諒別人等等都是枉費。因為就算有愛心，也要把交通人我之道途打開才能給予愛心。打通人我之間，先把自己也成為他人，也成為世界上和其他人一樣的人。人我的分別實在很少。世間除了特別的天才與白痴外，大家都同樣了得，大家都同樣智慧，只差專長而已。

把自視的高度下降，降到和視其他人一樣高度看齊，就會不亢不卑，立身處世也多幾個朋友，這不是人為的人緣嗎？

韋小寶，多的是人緣。

從他結識茅十八的經過就可以了解小寶的人緣。

茅十八道：「很好，小朋友，你叫甚麼名字？」

小寶道：「你問我尊姓大名嗎？我叫小寶……那你尊姓大名叫作甚麼？」

茅十八道：「你既當我是朋友，我便不能瞞你，我姓茅，茅草之茅，不是毛蟲之毛，排行十八，茅十八便是我了。」

韋小寶「啊」的一聲，跳了起來，說道：「我聽人說過的，官府……官府不是正在捉拿你嗎？說你是甚麼江洋大盜。」

茅十八「嘿」的一聲，道：「不錯，你怕不怕我？」

各位細心回味小寶的答案。

韋小寶笑道：「怕甚麼？我又沒金銀財寶，你要搶錢，也不會搶我的。江洋大盜又打甚麼緊？《水滸傳》上林沖、武松那些英雄好漢也都是大強盜。」

於是茅十八甚是高興……因為小寶拿他和林沖、武松這些大英雄相比。

小寶從來不看輕人、不鄙視人（除大漢奸、頂壞的人外）。

雪中的炭

學習做小寶不可以只做錦上添花的工作，反而要學雪中送炭的功夫。

一個人失意、失敗的時刻，是最希望有人同情、鼓勵、支持、援助的，就算口中如何硬、性情如何剛烈，心裏也渴望別人的同情。給予成功人士鼓勵、支持，他們都會珍惜，但珍惜的程度一定沒有失敗者對同情支持他們的人那麼寶貴。

我們能付出同情心，支持力量到底有限，為甚麼不去給予最需要的失意人呢？專揀寒冷的家庭，我們才送炭。這是小寶神功的一門學問。

看韋小寶如何雪中送炭。

九難原是明思宗的女兒，傳說被斬去手臂之後，流落江湖。她並非是明朝帝女，也非是江湖中甚麼大派紅員，只是一個走難的獨臂尼姑。她沒有甚麼東西利益小寶，小寶也沒有利用九難的任何動機。而小寶又不是甚麼忠心明朝的愛國志士，他對九難的關懷，只不過出於他善良的本心。

看他對九難的細心就可知了。韋小寶知道白衣尼好潔，吃飯時先將她與阿珂二人的碗筷用熱水洗過，將她二人所坐的板櫈、吃飯的桌子抹得纖塵不染，又去抹牀掃地，將她二人所住的一間房打掃得乾乾淨淨。他向來懶惰，如此勤力做事，實是生平從所未見。

又有人會認為，韋小寶之所以服侍九難，完全是希望博她老人家好感，乘機想得到阿珂的歡心。

但從九難初見小寶之後，九難便對小寶產生好感的情況來說，又不見得如此。九難讚小寶：

「你這孩子，說話倒老實。」

（因為小寶告訴她護體神功是假的，刀槍不入的背心是真的。）

小寶為何會對九難老實呢？他不是經常油腔滑調的嗎？對，小寶本質上是老實的，他見到九難高雅貴重的氣象，不自禁的心生尊敬。這是小寶對九難特別尊敬的原因。

總之，韋小寶的性格特別，是不會輕視失敗者、諷刺失敗者，卻經常支持失敗者。

當今社會，世態炎涼，雪中送炭已成為虛有的成語，沒有人去實行。我個人認為成功、失敗不可以短線估計。現在的失敗可能引致將來的成功，現在的成功可能引致日後的失敗。故此，不可以論今日之成敗。如能雪中送炭，得着炭的人可永不忘記你給予的溫暖，日後東山再起，最難忘的還是你。

我不是鼓勵有長線利益才作雪中送炭的投資、佈局，而是覺得這種行為是高尚的品格，是人與人相處的一種基本關懷。願大家摒除利害關係，送一些真誠的「炭」。

賞面、助威

同事陳君偶與我談起：「為甚麼中西兩地都用同一詞語『面』呢？」為甚麼要用「面」？（英語謂「save face」；香港俗謂：「畀啲菲士。」）

我曰：「面乃人最受注目的地方。大家相遇叫『見面』；第一次送禮，叫『見面禮』；要正當的，叫『有體面』。舉例實在太多太多。面都是人、獸最吸引人的地方，故可以代表人。」

前文已說過，千萬不可讓人失面子，不要甩人面。反之，要經常注意給人面子，助人威勢。此舉無論對上、對下亦要同樣遵行。

請大家研究小寶神功的，看下面一段小寶如何給康熙面子。

事緣皇宮內有刺客，康熙見小寶問及此事，康熙問：

「……你殺的那人武功怎樣？你用甚麼招數殺的？」

小寶答：「黑暗之中，我只跟他瞎纏爛打，忽然間，他左腿向右橫掃，右臂向左橫掠。」一面手腳同時比劃。

康熙拍手道：「對極，對極，正是這一招！」

（康熙拍手，即是看了這招十分高興，與自己心想的一樣了。小寶哪會不覺！）

韋小寶一怔，問道：「皇上，你知道這一招？」

（韋小寶知道康熙武功不弱，一定會知道這些招數是騙他不來的，這句話是明知故問，但明知得來，不着任何痕跡。）

（康熙當然中了小寶給面子、助威的圈套。我用「圈套」這兩個字，沒有奸詐貶低的意思，很多時我們給人面子、助人威勢，也要製造機會，不留痕跡的製造機會，所謂圈套，只不過是技巧而已！）

康熙反問：「你知道這一招叫作甚麼？」

韋小寶早知叫做「橫掃千軍」，卻道：「奴才不知。」

康熙笑道：「我教你個乖，這叫作『橫掃千軍』！」

韋小寶甚是驚訝，道：「這名字倒好聽！」

韋小寶早知這一招的名字，他偏偏不說出來，不好勝、不好充撐、不好認叻，是他厚誠之處，而他更懂得讓人發表、給人威風的機會，這是他小寶神功力深厚的一種招式。

世上的人，哪有不想有自己發表意見的場合？哪有認為自己的意見不好的人？（如有，他就不會發表。）

世上的人都想自己威風、了得。就算口中如何謙虛、態度如何老實，心底裏何嘗不想別人稱讚呢？

看到了這一點，就不妨盡量在值得稱讚人的機會，稱讚一下別人，在合適的場合，給別人面上貼一些金；對替自己工作的下屬，也要經常賞些臉；甚至「敵對」的，也要替他們助助威！

剛才小寶對康熙就是給予一個他發表的機會。假如小寶一進來，便「充生晒」，自認武功了得，用此招彼招，則康熙只會聽，而不會「笑」，也不會衝口而出地自誇：「我教你個乖！」康熙對小寶的感情，也不會再有發展。

然而，請記着一個稱讚別人的原則：

一、真心稱讚。值得稱讚時才下手稱讚、才賞面、助威。如果是件丟架的事、是件失威的事，你又去盲目稱讚，則會變成諷刺、刻薄、挖苦，效果會剛剛相反，引起更大的反感呢！

二、要有技巧。一般的稱讚、賞面、貼金都使人家高興，再加上技巧就會錦上添花、來得更自然、更有趣，給人的印象也更深刻。這種技巧不可說、可以意會不可以筆傳，大家細心體會生活的啟示，各施各法好了。

三、要上下一視同仁。單向上司稱讚會引起別人誤會阿諛。單向下屬稱讚會引起別人誤會收買。有動機的稱讚，一定會過份。因為人家可能看出了稱讚的動機。有代價的稱讚，接受者會心存疑念，能否真心受落這些讚詞呢？

所以我認為有明顯利益關係時，反而不要大加稱讚、抬舉別人。應該在平日誠心去做。沒有任何利益關係卻習慣恭維讚譽別人，接受者受落之餘，想不出有任何買賣的關係，他會更高興、更全意地依單全收你的讚譽的。

這段故事教訓我們：

一、要稱讚別人、賞別人面、助別人威。

二、稱讚人的同時，不要選擇錯誤的場合機會，這會引致反效果。

三、稱讚要有技巧。

四、要不分上下，不作稱讚交易。

五、要分別「托大腳」與稱讚。「托大腳」是交易性的稱讚，「托大腳」多向上司、不向下屬，「托大腳」是明顯的、是盲目的、沒有甚麼技巧的。小寶的稱讚術剛好相反，是有原則的、有技巧的，出發點與動機也不同。

山寨常用語

你聽過同事、同學説「有福同享，有禍同當」這句説話沒有？

這句話在江湖之中、綠林之內經常掛在各式人物口邊，以表示義氣沖天。誠然，做得到這八個字，實屬難能可貴，因為一般來説，只可能做到「有福同享」四字，「有禍同當」則難矣。

所以又有人曰：「夫妻好比同林鳥，大難臨頭各自飛。」夫妻也不可以同當禍難，何況兄弟、朋友？

小寶神功教訓我們：「有功必分享，有禍必同當。」這是小寶義氣的所在。

先講分功：

大家在社會工作、讀書，有沒有發現在討厭人物之中，最為人討厭者，是爭功的傢伙呢？他們喜歡獨佔功勞、爭取首功。每當一件事成功之際，這種人必會直接或間接向上頭表示自己的功勞，誇耀自己的辛勞，並多數貶低共同工作者的貢獻，或抹煞其他人的功績。這是人自私的一種表現。

只可惜好爭功之人，不明白世界上自有明察的上司和有雪亮目光的旁人。他好功的表現，一定會遭受其他合作人員的鄙視、反對，以致破壞將來的合作，由成功變成失敗。韋小寶不但不會爭功，還會設法分功勞給其他同事，好使他們立功。

話說驍騎營正黃旗都統察爾珠率三萬四千多眾護駕來到五台山，而剛好有數千西藏喇嘛團團圍着清涼寺。小寶通知察爾珠把這些反賊拿下，好立一件大功勞。

察爾珠忙道：「韋大人送功勞給我們，真是何以克當。」

韋小寶即用江湖山寨用語回答：「這叫做有福同享，有禍同當。」

小寶可以利用身份，自己調動他們的兵將亦是立下一大功勞，為甚麼要分功給人家呢？原來自信心充份的人對於功勞的看法，與缺乏自信心的人有很大的差別。有自信心的人覺得多一件功勞、少一件功勞又如何？到底我有真材實料，毋須急功呢？

反之，缺乏自信心的人，希望盡速立功，以穩定自己的地位、信心，所以邀功第一。欲速則不達，往往急於邀功，卻早早見過，適得其反。

分功給別人，等如送了一個大禮，使受禮者念念不忘。分功給人家者，切記不可拿此作為公開話柄。經常把利益別人的事宣揚，必失去它本來的價值。

再深遠的一層修養，就是不與人爭功。公道自在人心。上司、旁人一時不察你的功勞，日後總會發現出來的。一時收不到應有的報酬，日後總會連本帶息兼收。做人的眼光要放遠一點，爭功是近視所為、是小家的、是小器量的。

甚麼也應該爭，「功勞」則不應爭取。

點笑穴

讚美別人之學，又即「小寶點笑穴」之法，多矣。

盡信書不如無書，瀟灑「點」一「點」，無意有意之間，似是而非，似非而是之際，一「點」到肉，最為高明。然而天生缺乏讚美別人細胞的同志，用盡吃奶之力，未必可以擠出一招半式，莫説自然流露「神功」了。

有鑑於此，歸納讚美之法為以下竅門焉。

世間多是凡夫俗子，心裏必有渴望別人稱讚的慾望，至少有渴望別人認同的慾望，這個慾望，隨着血液遍流全身，自覺地、不自覺地流露出來。有人溢於言表，有人藏諸身體語言，亦有只在眼光中流露。

接觸三五回合，稍為打破陌生的圍牆，這種慾望即刻浮（音蒲）頭，無所遁形也矣。小寶需慧眼追踪，校正坐標，伺機出招。一出此招，開門見山，迎頭便「點」正對方慾望之門。

韋小寶初遇茅十八，一見如故，就結成義氣朋友。茅十八是官府通緝的江洋大盜，很自然的問小寶：「……你怕不怕我？」

韋小寶笑道：「……江洋大盜又打甚麼緊？水滸傳上林沖、武松那些英雄好漢，也都是大強盜。」茅十八老哥聽見這句「直通車闖中門」，心花怒放，三萬八千根汗毛如坐沙發椅，顆顆渴望受讚賞的慾望細胞像吃了人蔘果，高興地道：「你拿我和林沖、武松那些大英雄相比，那可好得很。」

以人物來作比喻，接受的人馬上會意，效果奇佳。

一年，劉小寶在狄龍家作客，譚伯母下廚做菜，菜式美味，譚伯母待客更是熱情。劉小寶衷心的讚美道：「中國歷史上有三位偉大的母親，你們知道是哪三位？」

主人客人一時不知如何回答，劉小寶氣定神閒地說：「第一位是亞聖孟子之母，為兒子向學不惜三遷其家；第二位是宋代愛國名將岳飛之母，以針刺『精忠報國』四字於岳武穆之背，使其時刻警惕；第三位乃影帝狄龍之母，譚伯母仁慈寬容，教子有方，堪稱『中國三大慈母』！」

此言一出，主人客人歡笑滿堂，齊齊舉杯痛飲。譚伯母笑得燦爛，狄龍夫婦樂得開懷大笑。劉小寶之讚美，乃開門見山，亦出於由衷之心，非「擦譚家母子之鞋」也。

又有一次，有幸與大作家金庸先生同席，在小寶神功祖師爺面前，怎可亂賣神功？心裏這樣想，口中卻按捺不住。

劉小寶道：「古往今來，中國武俠小説寫得絕妙的只有三位作家！」此語一出，席間突然沉寂下來，在金庸祖師面前，居然説出還有另外兩位？各人心忖：「劉小寶切勿班門弄斧啊！」

劉小寶微微一笑，字正腔圓道：「第一位是金庸，第二位也是金庸，第三位也都是金庸！」黃霑仁兄在座，第一個發出豪爽的笑聲，整個場面氣氛頓時變得興高采烈。劉小寶乘此時機，舉杯向前輩及各位賓客敬酒。金庸先生微微一笑，想不會怪責後輩妄言吧！

自降三級

小寶神功並非是擦鞋之術也，是製造人際間和諧歡樂之神功焉。是故愛慕神功各界人士，首先須心術正當——名門正派，並非古靈精怪——其次要修煉「自降三級」之內功。

「自降三級」者，首先謙虛地把自己的身份、想法、聰明度壓下最少三線。天下間確有絕世天才，也確有「頂角白痴」，可惜都並非你和我。看官們的聰明，與劉小寶之聰明，皆屬於絕大部份之「凡人智慧」耳，劉小寶想到的，其他人亦擔保可以想到，只差分秒早遲而已。至於身份階級，則變幻無常，今日是丐幫，他日或成豪俠者也。

除了人格不可「自降三級」之外，凡塵之名利何必急於顯露；俗世之智慧，何必叻唔切哉！能夠謙虛、沉實者，才有心法施展，愈能「降級」，神功愈要得隨心所欲，遊刃有餘矣。

《鹿鼎記》中的韋小寶，原是小滑頭、世界仔，他並不是「牙擦蘇」，「吻唔切」的人。天性喜歡調和人際關係，化解衝突。在清宮大內向海公公大吹大擂時，一時溜口，説到見過揚州廟裏的千手觀音。以當時假扮的小桂子身份，寸步未出內廷，怎知江南揚州廟裏的千手觀音是何模樣？

韋小寶醒覺露出馬腳，心中知道有失，連忙兜住道：「我怎會去過揚州？……千手觀音甚麼的，是聽人家説的，我可沒見過，想在你老人家面前吹幾句牛，神氣神氣，那知道你見多識廣，一下子就戳破我的牛皮。」

看官須記：理虧氣短之時，萬勿「死雞撐飯蓋」、「死頂」、「強辭奪理」、「曲都拗直」此乃下三濫之功夫焉。煉小寶神功同志首戒在此。理虧而強辯，狡辯實屬「搞對抗」非「搞合作」了，不只令人反感，也令人鄙視。看韋小寶出一招「自嘲解困」，半両撥千斤，當堂化解尷尬的場面。

海公公道：「要戳破你這小滑頭的牛皮，可實在不容易得很。」

韋小寶道：「容易、容易。我撒一句謊，不到半個時辰，就給你老人家戳穿了西洋鏡！」

神功之要謙虛，乃是「自嘲」，隨時隨地可以施展出來招架。任憑面臨如何艱巨困境，即使是滔天尷尬，一句有力而尖銳的「自嘲」，立刻把困境尷尬消化於無影無形。

無他，「自嘲」表現高尚的品格、豁達的情操。敵人對於「自嘲」沒有鑿到空隙，頓時失去進一步打擊的目標矣。「自嘲」是強烈的自我諷刺，必定有惹笑的效果，歡笑融入僵化的局面，猶如衣物柔軟劑放入洗衣機，再無摩擦之稜角，不再產生火花矣。

逞強心理，不忿心理終底搞到更大更熱的戰場，泥足深陷，難以自拔。俗語有云：「愈描愈黑」，何必因一時意氣連累大局！

吾友張正甫先生最擅自嘲，工作上偶有失調，他即笑道：「哎吔！當時我穪咗線！」同僚莫不歡笑，重頭幫忙再幹，確是「自嘲解困」之高手者也！

六不戒條

無論閣下是資本家或者勞動人民，皆須學習「六不」戒條。何謂「六不」耶？

不驕不躁，不亢不卑，不要功、不埋怨。

上文介紹做人處世最宜「自降三級」，此乃不驕的基本心法也。或問：現代社會都要求突出自己，隱藏所長豈不是開倒車乎？

看官須知：「自降三級」乃從不驕的態度來說，表現所長乃從實際行動來說者也。馬迷應有一個心得，實而不華的良駒，多數受到冷落，可是競賽之中，最緊要講實力，掄元牽回凱旋門，即大受人賞識。中獎的當會自詡大有眼光，未中獎的也會怨恨走眼。捧得太熱的馬兒，即使勝出，中獎者獲益微薄，得而不會狂喜；熱門倒灶，媽聲四起，卻會惹起公憤。看官細思如此現象，分析如此心理，當會領悟「不驕」之旨耳。

「不躁」乃修養心法也。煉小寶神功忌易動真氣，火往頭上衝，氣往頸上頂，「火遮眼」矣。一動了氣，還有理智邏輯麼？喜歡搓麻將的朋友當知，躁火焚心，章法大亂，起死回生之力歸於零，一敗塗地可預見矣。無怪乎小寶們皆喜萬事放鬆情緒，嬉笑之中，減輕壓力。談笑用兵，氣定神閒，皆源於燃點不起躁火，谷不出氣來。

「不亢不卑」乃品格之修養者也。凡煉小寶神功，須一視同仁。**惹人高興，使人快樂，不可偏重於上司權貴，實要發功到下屬庶民也。**天下之**間，最難拆局者，便是沒有利害關係之言行也。有所圖，有所望的言行，總有馬腳可露，「狗上瓦坑有條路」，有局可拆焉。**沒有所圖、沒有利害的言行，懷着計算得失的機心人，怎也算不到動機，也算不到結果，枉自白費一番機心矣。

「不要功、不埋怨」，此二「不」更難修煉。試看韋小寶天生的神功。

話說韋小寶用撒香灰的骯髒手段，制服了權臣鰲拜，太后誇獎他立下了大功。小寶在皇宮中生活了幾個月，已熟知宮裏和朝廷的規矩，「知道做主子最忌奴才居功，功勞愈大，愈是要裝得沒半點功勞，主子這才喜歡。假使稍有驕矜之色，說不定便有殺身之禍，至於惹得主子憎厭，不加寵幸，自是不在話下」。

金庸先生借韋小寶的思想，清清楚楚的「踢爆」勞資巧妙的關係核心。今天咱們沒有皇帝，然而皇帝的思想仍然存在。打工仔其實就如「臣子」，大老闆即是「皇帝」。**老闆決不喜歡「居功居唔切」的夥計、同事決不歡迎「沙塵白霍」、「有恃無恐」的同僚。旁觀人目光頂銳利的。功勞屬於誰，大家心裏明白不過，用不着直接間接、有意無意地逞威風。這一副威風的臉孔，除了短暫的滿足病態的自大狂外，並無半點益處。沉實的態度反而獲得老闆和同事的尊重。**

至於「不埋怨」是深厚的內家功夫。埋怨囉嗦於事無補，絮絮不休，終日怨天尤人，牙痛咁聲，令人討厭，也惹人煩悶。向老闆埋怨更屬不智，等如指着他破口大罵一般。即使是夫妻、父子，終日吱吱哦哦，多深厚的感情必會破裂，倒不如練習廣闊的胸襟，一口氣把怨恨吞落肚中，吸口新鮮空氣，當場像「化骨龍碎肉機」一樣，把不如意的事情灰飛煙滅，「渣都無埋」！

知情識趣

使別人產生好感，基本上是品格的問題。好些人「雖無過犯，面目可憎」。其使別人「可憎」的，便是那副尊容，那套尊舉尊止了。

或者問曰：「以貌取人，失諸子羽」，是否觀其面貌便已足夠呢？豈非太過武斷了麼？非也，夫面目可憎者，並非尊容醜陋，不甚美貌，乃係其品格卑污，性情乖戾引至眼光、神態含有一種可憎、可討厭的色彩。

雖然男的英俊不凡，女的面容娟好，可是使人討厭的氣質自自然然便在眉梢眼角中流露，使人內心感到一陣涼意，或嗅到一陣腥味。和他握手倍覺索然無味，與之同座如遇冰塊，言之無味，觸之無覺！討厭之情緒加速沸騰！

如果修煉得人格高尚，無貪無欲者，相信閣下的第六感覺好了。凡遇閣下內心感到不安，難與傾談或交通的人，都極有可能是「道不同不相為謀」之輩；凡遇閣下覺得乞人憎、噁心的，講多句都唔想者，必定是大有問題之人矣。

韋小寶之受上司、朋友、下屬歡喜，説穿了不外是他有一個高尚的人格。除了高尚的人格之外，小寶不會動輒擺出「老古板」、「老夫子」的神態，之乎者也的亂説一輪道德學問（查實小寶並沒有甚麼學問，道德修養，也非從聖賢書中獲得，乃從街頭巷尾説書「講古」中學到的。），他的可愛處是在於「知情識趣」四字之中。

老古板即使品德高尚，不能受人喜愛，因為老古板未識情更未識趣也。「情趣」是啥？請先看韋小寶「知情識趣」地稱讚康親王的一段故事。

話説康親王歡宴吳應熊席中，多隆誇讚康親王箭不虛發。小寶抓着這個話題，機伶地加料大讚。他説：「這件事我可親眼瞧見了。那時我耳邊只聽得颼颼亂響，前面不住大叫『哎唷，哎唷！』後面大叫『好箭，好箭！』。」

跟着有人問小寶，何以前面大叫「哎唷」，後面大叫「好箭」？這一問，正中小寶的關子呀。小寶說話的「情趣」，便是要聽眾感到好奇，產生興趣，「情趣」始油然而生。韋小寶道：「康王爺射箭，百發百中，前面給射中之人大叫『哎唷』，後面是咱們自己人，當然大讚『好箭』了。不過叫『好箭』之人，又比叫『哎唷』的多了幾倍，大人可知其中緣故？」

小寶一問，再把趣味引發出來。在座各人的精神集中在小寶的答案之上，情緒也高漲了。小寶見情緒、趣味都掌握了，便來一招「似有厘頭，實無厘頭」的答案：「……人數是對方多，不過有些亂黨給康王爺一箭射中咽喉，這一聲『哎唷』只到了喉頭，鑽不出口來，而康王爺箭法如神，亂黨之中有不少人打從心坎裏佩服出來，忍不住要大叫『好箭』！……」

當場，眾人給小寶逗樂了，康王爺明白言過其實，惟小寶並非存心挖苦，當然樂於受落，暗中讚他知情識趣！**日常生活，情趣多的是，只怕被俗情俗事連累胸襟，塞了發掘情趣的心靈耳。小寶神功須令人歡喜開心，必先令自己終日開心歡喜，太多牽掛和慾望豈可培養情趣乎哉？本身生活常有情趣，始可「知情識趣」也矣！**

第二章
江湖秘笈

面皮厚不等於無恥

罵人的説話中，有所謂王八、無恥。鄙人孤陋寡聞，王八諧音忘八，意即無恥，我可以領會得到。但何解王八罵人像烏龜？我大惑不解。再者，龜是我國四大祥獸之一，壽命特長，何解會比喻作壞的咒語？

推而廣之，為甚麼淫媒、開妓寨的都叫龜奴、龜婆？真是不明白。

這篇論題不是研究龜公、龜婆問題，而是提出一個五千年文化不敢澄清的問題：厚面皮並不等如無恥。

如上文所述，罵人無恥，在文化界、知識分子界中，是一個極大的侮辱、強烈的責罵。人若無羞恥之心，他就可以為所欲為。各位不見，凡被拉上法庭受審的疑犯，都有意無意避開記者攝影的鏡頭，因為他們覺得被扣、被押、被審是不名譽、是羞恥之事。他們內心有羞恥之心。強盜、大罪犯已習慣被扣、被拉、被審的過程，他們視審如歸，就開始失去羞恥之心。將來出獄，亦會再犯。

正如我小時候，每堂都被老師罰站，最初會面紅耳熱、極之不好意思、怕同學恥笑。

但懲罰過了羞恥的限度，就會習以為常，每次被罰，都減輕了羞恥之心。有位老師大人還問：「你唔識個『醜』字點寫嘅咩？咁大個人重被人罰企！」小人心底暗笑道：「Miss，又係你罰到我失咗羞恥之心嘅，我而家鍛煉到唔怕媿，都係你嘅功勞啫！」

誠然，不害羞不是沒有恥辱之心，「不害羞」不是「無恥」。讓我細細分別這兩個詞。

羞恥之心，是人類在社會生活中，恐怕脱離一般規範、一般道德律、一般常道時，所蒙受的內在不安以及外在嘲笑、懲罰。有此羞恥之心，人才肯自律地遵行一般規範、一般道德律。如此講來，羞恥之心是人的良知，是善良性格的根本。鄙人從來不敢亦不會推翻孔家店學説，孔孟學説的確有其做人處世道理。

厚面皮者，是漸漸習慣了不害羞，遇尷尬不面紅，遇難為不會變色。一個人面皮厚不能説他沒有羞恥之心。他羞恥之心可能不形於外而已！

或曰：面皮厚就可以做出很多無恥的勾當，因為面皮厚者，當然不怕別人嘲笑、責罵甚至懲罰，猶如積犯一樣？

我曰：這個論點是沒有因果的關係。舉個例，有人持有一把手槍，不可以依此而推斷他會打劫，這正如人面皮厚，不可以依此推斷他無羞恥之心一樣。

羞恥之心除了怕其他人嘲笑、責罵之外，還怕自己的良心、良知。良心會在內部嘲笑、責罵甚至懲罰他。一個厚面皮的人，無論你面皮多厚，也逃不過良心的責備和懲罰！

由此知之，一個人厚面皮，亦同時可以「知恥」的。厚面皮是他形諸於外的隱蔽功夫做得好而已。一個把內心感情「良性地」隱蔽得好的人，怎可以説成他大逆不道呢？

假如一位高僧得道有數，目中、心中皆無色慾，美女在懷，他還是老僧入定，沒有半點兒色相。凡夫俗子就會讚他有定力、有佛法修為。但這位老僧之有定力，我們只能從不露色相處察覺，亦即是可能他形諸於外的隱蔽功夫做得好（內心如何，無人可知）。為甚麼厚面皮者遭人嘲笑？而老僧受人誇譽呢？

舉例至此，諸位讀者會贊成？如贊成者請且慢！

因為小弟剛才提過「良性地」隱蔽自己表情。你們要特別注意「良性地」三字。愚見認為良性的意思是保護自己、保護他人的行為才稱得上「良性」。試想想：一個人容易面紅、容易尷尬，他會發展成怎樣？

容易面紅將會發展至孤立、離群、內向。這一切都違背合群的生活原則。容易尷尬將會發展到孤僻、暴躁、固執，這一切都違背了安樂的生活原則。害羞、尷尬的發展都趨向壞方面，我們為甚麼要追隨這壞方面的發展？不如倒轉車頭，反方向作不害羞、不容易尷尬的鍛煉吧！

古語說：「知恥近乎勇。」

我說：「知羞、知尷尬亦近乎勇。」確定了厚面皮不等如無恥的道理後，馬上得練厚面皮的功夫！但請記着一點，練好厚面皮，不能用作隱蔽良心的功夫；練厚面皮只是減輕了害羞、尷尬的壞發展，而積極發展充滿希望的人生。

這段文字教訓我們：

一、看不懂沒有關係，反正是革命性的東西，看一次決不會懂。

二、厚面皮者不要沾沾自喜，你屬良性或惡性的厚面皮？請立即反省，並改良！

三、切勿做無恥的勾當，最後難逃良心的譴責，令你一生不安，就算你面皮厚如宇宙也無用。

四、自問品性壞極、不思長進者，看完此篇，請速速丟書，以免為害加深也。

五、本文乃嚴肅見解一切勿以嬉戲視之。

承讓、承讓

大凡武俠人物比武，勝的一方，例必有道：「承讓、承讓。」「承讓」兩字表面意思有：「我本來不是閣下對手，但承蒙閣下抬舉、尊重，使在下能勝一招，實在內心有愧。」順便給人下台的。

但反過來又好像是諷刺對方。意思有：「你根本不是我的敵手，我體諒你亦是江湖中人，給你三分薄面，就此下台去也。」

同一句說話，就要從聽者的心理才能了解，大多數作下一句的解釋。我不是研究應否講這句廢話，而是希望各位讀者大人認識一句就算真心的說話，在勝利者、強者口中說出，也會使人誤會成為諷刺、挖苦的言詞。所謂言者無心、聽者有意也。

假如閣下是一位勝利者、強者，說話更須小心，每一句話的含意，無形之中都給人多所解釋，很容易說成輕薄、囂張、牙擦……

作為勝利者、強者給人誤會的機會實在太多了，世間旁觀的人都喜歡站在弱者、敗者一方說話，因為他們不是失敗者、不是弱者，為甚麼不做個「鋤強扶弱」的英雄呢？就算勝利者、強者說出肝、肺五臟之言，哪怕說出天下最真確的道理，哪怕你又謙虛又謹慎，也沒有人會「同情」你、「扶」你的。

「鋤強扶弱」這個行為是脫離了認清正義、真理的領域，只是一個為建立「自我」的行為。

身為勝利者、強者又應如何做呢？除了勝利之外，只好承認勝利也有代價，起碼就是引起一班自我中心的「旁人」努力去「鋤」罷了。

勝利者還是少開口、少認勝利矣。

作為失敗者又如何？

失敗的人通常不會承認失敗，就算口中承認，心中也忿忿不平。

失敗的原因可多着呢？天時、地利、人和都有關係，訴諸運氣也有關係，上天的旨意也拉上關係，總之失敗不是能力。

自知失敗、肯誠心承認失敗、承受失敗痛苦的人，品格一定相當的高。從人面對失敗作出的反應、言論、行為，大約就可以知道他的性格弱點。勝而不驕、敗而不餒，實在很少人做得到。

閣下讀歷史，漫漫三千年中哪有一位勝利者可以不矜誇的呢？包括《鹿鼎記》中後期的康熙大帝。

十年樹木、百年樹人、一時樹敵

建設難，破壞易；交友難，樹敵易。

人類互相第一次認識是友還是敵呢？在文明的社會，我想百分之九十九是從朋友開始。假如第一次相識便成敵人，這一次的相識也可以列入傳奇小說的題材了。

可以大膽講一句，友情需要時間培養，「敵情」也需要時間培養，不過只差培養的時間罷了。要成為朋友，彼此幫助，彼此了解，需要一段比較長的時間，因為現代社會複雜，人與人之間最初相識，都會建築一些假面，彼此間很難立刻捉摸到對方性格、優點和缺點。經多次的交往，利害的衝突，性格、性情的不同，透過考驗，才能增加了解，志趣吻合的，會成朋友，但總不會立刻成為敵人。

一般情況，朋友會分深交與淺交兩種。深交的肝膽相照，非因利害關係而損害友情；淺交的亦會彼此客套，經常維持淡淡的交往，也不致視為陌路。

要成為「敵人」，除非有重大的衝突，才能彼此不容，形成水火。但介乎朋友與敵人之間，還有一種關係，就是彼此認識，既不是莫逆之交，也不是視如仇敵的。這種「朋友」關係，在現代社會最多發生。這種都可稱為「朋友」的人，因為生活在一起的關係而形成，諸如同學、同事、鄰居、顧客、同遊玩的都是。在這些「朋友」之間，也有大家喜歡多聚一點的，或大家討厭共事、共玩的。我們不能稱交情疏遠一點的人為「敵人」，因為基本上沒有為敵的必要。

為甚麼有些人可以共事、共玩多一點，另一些人不可以與他共事、共玩多一點呢？理由也很簡單，套用一句：「不同道，不相為謀。」

「不同道」不能算對方不對或不好，只是與自己「不同道」而已。卻是有些人，與不同階層、不同性別或無論和甚麼人都不同道、都為人討厭，大家閒談起來，都覺得他「難相處」，這又為何呢？

讀者諸君，請你細心體會一下你周圍的朋友、同學、同事、鄰居，有沒有對你敬而遠之，覺得你「難以相處」的人呢？有，則閣下做人處世必有問題，他們未必是你的「敵人」，但很有潛力成為你的「敵人」，卻很難再成為幫你的朋友。這處境可危險喲！要討好人很困難，要得罪人則易如反掌。

存心開罪人其實也很困難，無意中開罪人比反掌更容易。

以文字開罪人是比較困難的，因為你得設計、存心，看的人也得看透設計、看透存心。以語言開罪人比較容易，說話出口，難以收回，一時間語氣運用得過火、衝動，極易開罪人。所以聖人都警告我們須要慎言。交友更須慎言。有時言者無心，聽者有意，不知不覺間無意開罪別人就因說話不慎。

但最重要而我們經常會忽視的，就是表情行動的無意開罪別人。往往雖言詞謹慎還是討人厭的，就是這個原因。

人的表情、行為是內心的一個表達方式。口中多麼美語，難敵眼中流露一個鄙視的眼神。諸君不能直接看見自己的表情，就往往不察覺到令人難堪、難過的犀利武器，就是閣下的儀容。

廣東俗語有云：「最難睇面色。」如果你鄙視別人、不信任何人、侮辱別人都直接可從你的眼中、面部表情中完全不留餘地地表達出來，接受你表情的對方，有時情願被你用文章痛責一番，或者被你親口辱罵一番還覺舒服。因為表情表達內心真實的感覺會更全面、更準確，文字、語言都有它不敷應用之處，表情、眼神卻能表達至百分之一百。

可否訓練眼神、表情也虛偽點呢？

答案是可以，但人生在世，數十寒暑，又不是當甚麼外交家，何苦來哉？不如直接訓練自己的內心罷。

一個人不相信別人、鄙視別人、侮辱別人皆因有不尊重之心。大家既然相識、共事、共學、鄰居，就應該去發掘對方的長處，凡事從好處着眼。人總是有長處優點的，從這方面去設想，就會減少自視過高、不尊重他人

的心態。表情、眼神也自然流露謙虛、尊敬之心。這比口中讚美、文字捧場還來得動人。孔子答學生問孝，亦曾說過兩字：「色難。」行為事父母以孝容易，表情（內心）事父母以孝比較困難。

我引申為對朋友交往，要達到表情、眼神的傳達也得尊敬，是須要從內心做起。否則甜言蜜語千萬句，也敵不過一剎那的輕視呢！

優勝劣敗、兩勝

讀者大人：

你喜歡打網球、踢足球、打羽毛球嗎？或者你喜歡弈棋、打麻雀、打橋牌嗎？又或者你喜歡看武俠小說、電視片集、電影嗎？

生活中的很多趣味、嗜好都因為有勝、有敗才引發出來的。如果打球沒有規則去決定勝負，只是純粹的運動，就會失去了很大的趣味。如果弈棋、打牌只是腦力的考驗，沒有方式分勝負，也會淡然無味。

如果相信人是從競爭、與大自然及其他人的競爭中尋求生存、進化的話，人的血液中就有好勝、惡敗的先天經驗了。

如果把世事「一般化」化為甚麼都是競爭，那麼好勝心就是人走向進步、進化的唯一原動力。

我們可否證明世上的任何事都在競爭的過程呢？

舉例說：醫療科學不斷發明新藥或新醫療方法來克服疾病，這是和人體疾病的一種競爭。醫療成功，即可以說是打勝了仗、戰敗病魔。或者在愛情方面說：某男士追求某女士，結果用感情征服了她，使她下嫁，某男士亦是在一場「競爭」中取得芳心，戰勝了。反過來說，也可以從女方作出發點，她征服了某男士，使他娶她接過門，戰勝的是她。

我舉這個例希望說明一個觀念：在世上的「競爭」，有優勝劣敗的情況發生，也有劣勝優敗的情況出現，更有兩方皆勝、沒有敗方的情形。

此話是否過於玄妙？並不。

請先研究何謂勝？何謂敗？

客觀的決定是有裁判，猶如一場拳賽、球賽，有一個拳證、球證。他代表公正的裁判力，依照賽規，決定勝負。

客觀的決定也有所謂「旁觀者」。如果一場沒有賽規、沒有公證人的競賽，當然沒有人可以宣佈勝負的結果。但旁觀的人卻有他們判斷勝負的準則。旁觀者的心裏決定了勝負誰屬，競爭者亦會留意他們的表示，以定勝負的結果。

主觀的決定是自己心裏有數：一場競爭必有「爭」的目標，自己「爭取」到多少，對方「爭取」了多少，心中必然有數，主觀一定知道勝負誰屬的。

在日常的「競爭」中，並不如拳賽、球賽一樣，有公證人，有嚴格的賽規所限。這些「競爭」的規例也很有彈性，而旁觀的人也不會少。

舉例：太太到街市買菜，說成是「競爭」便太誇大一點吧。但在太太與菜販講價的過程中，我們劃入為「爭取不同目標而發生的競爭行為」，想也不會反對吧。

「講價」沒有規例或嚴格的規例，也沒有辦法請出公證人，可是周圍的人觀看的卻多着呢！如是在這次交易中，太太的目標是減價，小販的目的是維持原價，兩者就會因此而各出計謀。

太太拿出老主顧的招牌來，以老主顧經常幫襯，錢可長期賺、不要短線計較為藉口，作出減價要求。菜販則拿出可憐的招牌來，以生活艱難、蠅頭小利難以為生作為求憐憫的不減價藉口。太太見攻不下，又採取要脅之計，說另一檔小販可以減價，菜也比較新鮮！太太已經把情況推展到極端，菜販一聲「你到那裏去罷」，便不歡而散，兩敗俱「傷」。

菜販為求「兩勝」，答應菜價不可減，但希望太太接納他依原價而加送的禮物——幾條葱。

如果太太堅持不減價就離開的話，這場競爭可算菜販勝利了。因為旁人總覺太太極小器了，菜販已退了一步，但太太還步步進迫。算勝，也勝之不武（勝之不武是失敗的意思，修飾之詞耳）。

如果太太接受菜販的贈送，並以原價買了菜，大家高高興興的結束了這場「競爭」。在客觀的情況來說，旁人不覺太太失敗，因為她雖達不到目標（減價），但已得到相等於減價的利益（多了免費的葱）。菜販也不是失敗，他堅持了菜價，不作一個先例，好等下一位顧客也會要求。至於下一位顧客應否送葱，則作另一個案處理。

在主觀來說，太太、菜販兩人心中都達到了基本目標。太太買了菜，好回家做飯；菜販賣了菜，好得了販賣利潤。

說兩者皆「勝」，會引起反對嗎？

這個「太太買菜」之例實在太普通、太常見了。在諸君生活之中，同類型的場面實在每小時、每分鐘都在發生。你有時演出買方的角色，有時你演出賣方的角色。你所處的情況，可能是商業上一筆大買賣，也可能是政治上一項舉足輕重的政策，也可能是家庭中吃中餐或吃西餐的選擇。無論在任何場合之下，可否想辦法弄到「兩勝」呢？

使到對方不自覺失敗是一重要要素，使到旁觀的人不覺對方失敗亦是一個要素。反過來說，不讓自己失敗、不讓自己給旁人判定失敗也同等重要。

亦有些事不可尋兩勝的，是大原則的事，必要爭取，那就求對方敗得得體，留三分餘地，留五分面子。

亦有些事是不可能取勝的，那就求減少失敗的損失，敗得得體。

可求兩勝則兩勝，可挽救對方則挽救對方，此乃小寶神功之宗旨也。

得饒人處且饒人

世間的人，對江洋大盜、持刀持槍的兇殘惡匪皆怕得要死！對鼠竊小偷，沒有武器氣力的反而兇神惡煞，實在欺善怕惡，做人欺善怕惡並不是甚麼大不了的罪，自私基因使然，哪有人冒生命危險抗賊，刀鋒之下，猶如秀才遇着兵，有理講不清！

某世外小山上，一座沒有設防的寺廟，當然遭到不知好歹的小賊子光顧。

一天，因緣際會，來了一位小賊。他光顧荒寺，亦算窮途了！老僧有點靈性，聽到寺院內有一些異常的聲音。

走出禪房，只見一個黑影將東西放進背上的架子裏，很用勁兒站起來，卻因太重站不起來，十分狼狽。折騰了好幾次，最終還是站不起來，嘴裏哼哼唧唧的怒罵。老僧一眼便瞧出發生甚麼壞事情：小偷從穀囤裏狠狠地舀了一大把米，但是他拼盡全力也站不起來。

此時，正是捉賊拿贓最佳時機，甚至有人認為虐打小偷也是正好時機了！乘「賊」之危，有何不妥？過街老鼠，人人得而誅之！正是表演「英雄捉匪」好戲時刻。

然而，老僧人並不如此，他不是敵不過小匪，而是另有一番心腸。

老僧繞到小偷背架後面，輕輕地幫忙推了他一推。靠這一推，小偷勉強站了起來，同時也不安地往後瞥了一眼。

「甚麼也別說，你下山去吧！」

小偷狼狽地背起背架，連滾帶爬落荒而逃。

翌早，其他僧人發覺有人偷米，老僧人一句話也沒有說。

從此以後，小偷再也沒有「復工」了，成為了信徒。

小寶神功之妙，在乎老僧的心胸，逞一時之強有何用？

或者以為，當今之世，有多少人如小偷般會感動？改過？放了他，不會感恩，反而會大膽起來！

小寶意見：儘管如此，恕人乃好事；不懷恕道，世界便多紛爭，非小寶和諧理念！

守秘密要懂得隱藏權力

有人認為：「只要掌握秘密，就是秘密的主人」；秘密揭露以後，變成它的奴隸。握有某種秘密，可以藉此吸引別人的注意力，操縱關係秘密的人。

人們都想知道別人的秘密，希望吸引別人眼光。有人很愛把自己、甚至別人的秘密曝光，以吸引人們注意；他們自覺高人一等，擁有特權。秘密、私隱都是權力！

恰當運用權力真是極難之事，其中又以能保守秘密更難！讓你知道一個秘密，便是「信賴的試金石」。懂得守秘密，便是能運用權力，為別人保守秘密，有道：「聽到秘密很容易，將之保守則是很困難的。」

「傻瓜和小孩不能保守秘密。」

「喝下秘密這種酒，舌頭就會跳起舞來，所以應該特別小心。」

藏權、藏威、藏仁義便可守秘密！

小寶的意見：一般來説，有權力之時便有顯現權力的欲望！不顯現權力，如何能夠有有「威風」？如何能高人一等，控制他人？擁有權力比擁有財富更令人神魂顛倒，任性妄為，妄自稱大，不知天高地厚！小寶神功修煉的是隱藏權力，暗中顯威！「老實威」，含蓄、大方，人家心領神會；不必光芒盡露、來不及逞強。

難得糊塗　吃虧是福

清代怪傑鄭板橋寫了八個大字，家喻戶曉。早年遊鄭州以廉價購下鄭公的墨拓，裝裱之後，細意欣賞，端的是處世名句。一幅送給三藩市摯友，一幅掛在睡床對面的牆壁，每晚細看幾回，以作三省吾身的啟示。

先說睜開眼睛便看到的四字——「難得糊塗」是也。

小寶的天性，有認識「大仁大義」的大智慧，也有機靈巧妙的小念頭。難得的，還常常夾雜糊塗。

世人希望只有聰明和轉數高的腦袋，做事周密，計算準確的心思。思想、行為、語言都不願出錯，百發百中，樣樣做到一百分，挑戰無限分。

豈知愈是聰明愈是機靈，愈多紕漏。考慮愈周詳，保衛愈嚴密，愈產生更多更大的漏洞。人算終抵敵不過天算。執着要求極度完美的，結賬時必不會滿意，抱着終身遺憾，死不瞑目者多矣！

宋代名臣呂端被同僚篤背脊，向宋太宗打小報告，說他辦事糊塗。大人物不可能糊塗嗎？好一個宋太宗欣賞糊塗，立下一句流芳百世的說話：「端小事糊塗，大事精明的呀！」

小事糊塗是做出一些令人意想不到的錯誤，這些小錯使人發笑，也使人易於原諒，亦使有見識的人欣賞。

蓋犯小錯誤是不可避免的，完人聖人皆有機會犯錯，何況普羅大眾的凡人呢？小寶的性格是活潑樂觀的，喜歡嬉戲，糊塗的事也必多着，反而顯露出「人」的本性，結結實實像一個「人」，不像神佛，不似偶像，更不是圓滿無缺不可懷疑的上帝。小寶可愛處就在「像個人」。

人與人相處，最吃緊是彼此視對方是「人」。上司要保存權威性可敬性，不惜丟去人的本性，裝模作樣，板起面孔，不願糊塗、掩飾糊塗、甚或粉飾糊塗。

下屬也因為要表現是個「精靈的員工」，全力以門面工夫應酬。裝樣子扮成聰明伶俐，做到「難得聰明」以求取悦上司。

這會是甚麼樣的世界？是虛偽、死板，失掉活潑的世界。即使互相隱瞞過骨，爾虞我詐，樂於在此虛偽氣氛下生活。小寶們一定覺得不是味道，不是快樂人的生活。

急功近利使人絕不吃虧，絕不忍讓，鬥爭才是急務。

鄭板橋的另一墨拓「吃虧是福」，剛背此道而馳。小寶神功願意鍛煉「吃虧」之術。試想想，人人不願吃虧，稍為唔着數都要手擰頭，誰會是大輸家？

勢必觸發爭名爭利永恆的鬥爭。相鬥之下，利字當頭，還有甚麼手段不可利用乎？明爭暗鬥，文鬥武鬥，各樣「籠了」皆「浮頭」也矣。

互相不諒，互相不讓，勢必走向激烈的「戰爭」。小寶求人際間和諧，肯「吃虧」，「吃虧是福」，是消弭劇烈鬥爭的福氣，不可不知者也。

巧妙SAY NO

辦公室必有會議。何謂會議？一個人自說自話不算會議；兩個人有商有量也不算會議；三個人以上討論事情，算是會議焉。

今時之大公司、小組織都興「開會」，老闆上司、夥計下屬聚首一堂，各抒己見，本應是集思廣益的聚會，然而，社會中仍有階級、尊卑之分，為人夥計下屬者，言語之間直言衝撞，或者明裏暗裏發晦氣，老闆上司聞者刺心，恐怕很多「禍根」乃從口出。即使自命為天下至民主的老闆上司，有時都不能忍受下屬出言挖苦頂撞，尤其在其他職員之前，一塊臉皮無處遮掩，氣衝頭頂，登時烏雲蓋面，甚或記恨於心，都是打工一族始料不及者也。

老夫有見及此，特別選出幾套家常採用的詞彙與大家研究研究。

第一類用語，乃適用於「否定」情況，即所謂 Say No 之場合。凡夥計下屬常常 Yes 者，是謂 Yes Man，只可以做傍友矣，正經大事勿預其份焉。心知不妙，直言 Say No 又恐怕使老闆上司難下台。Say No 之法，可分為兩大類。

一、**緩兵之計**。能夠與上司單獨商議的，盡量製造機會單對單門埋房門密斟，減少「公眾製造的尷尬壓力」。不能夠製造單對單機會，則希望將事情拖延，至到有機會密斟。此時也，可以說：「此事適宜三思後行，從詳計議。」表面態度並沒有反對，實則上希望老闆三思。過去，到內地商談，到了需要結論時候，表叔們最喜用「考慮，考慮」，或者「問題不大」等語作覆。一聞此語，便知道其間有阻塞了。「考慮」、「問題不大」云云，只是禮貌的拒絕詞彙，千祈不可從字面領略者也。

二、**婉轉否定**。否定別人必傷感情，盡量利用較為文雅的詞彙，減輕「撞擊力」。嚴重一點的反對否定可用「不敢苟同」，精髓在個「苟」字，「我不能馬馬虎虎同意你呀」，言下之意，你的提議是重要的，不可苟且贊同。更肯定的一種否定可以說：「恐怕事與願違！」聽者領略否定之意，卻語帶無奈之感。

或者遇到主觀甚強的老闆上司，宜站在他的利益立場上表示反對，可以說句「豈敢輕舉妄動」，又或者「不宜操之過急」，看看面色，加上一句「都係為件事着想的」。老闆上司鮮能反感，也極難反面者也。

下屬對上司發出請求，上司 Say No，也要講技巧。《金瓶梅》書中有一則故事，有人向西門慶勸捐善款，西門慶身為地方闊佬怎推搪呢？好一個慶叔微微而笑，頻頻拱手，口中說道：「力薄，力薄！」**力薄，能力薄弱之謂也。自認低威，很多事都好辦。現代的人難明「力薄」，不如用「力不從心」、「有心無力」好。**

至於如何把一個聚會解散，老夫當年受廖承志接見時從中學到嘢。時間剛到，還有團友提問，廖同志微微一笑，拍一拍椅把說道：「今日都差唔多咯喎！」言畢，站立，主動和客人握手道別。好一句「差唔多（夠了）」，好像說時間「差唔多（夠了）」，又像說事情「差唔多（說完）」，也好像說，會面「差唔多（完結）」。任憑諸君如何猜想。最後的一個「嗬」字，語氣反問，唔到你唔答應也矣！

亂觸逆鱗等如自尋死路

古籍之中，常有永恆的處世道理。二千多年前韓非子曾經説——

龍的脾性是：順他的意時，非常柔順，甚至可以騎在他的身上。然而，龍的喉嚨下倒長着一塊直徑一尺長的鱗片（逆鱗），觸及這塊鱗片，龍便發狂噬人。君主也有這塊「逆鱗」，進言的臣下，不去觸它，就上上大吉了。

龍是啥類動物？人類對長頸鹿的錯覺，或對鱷魚的錯覺？不必考究。韓非子老師只舉出君主（老闆上司）恐怕別人知道他的私隱或深感自卑的經歷和缺陷而已。

君主有私隱缺陷乃人之常情。以政至權，或以財至權的君主，都不願暴露這塊「死位」。有了地位名譽，決不讓恥辱「走光」。一般情況，就對這塊「死位」嚴加保護，重重包圍。

夥計下屬當小心謹慎「行人止步」的禁區。直闖禁區，刀槍劍戟、機槍手榴彈便如蝗石般飛來，死無全屍，化為灰燼；即使無意之中誤觸禁區領空、邊緣，又或者輕微的震動到禁區警戒線，都可以招惹強烈的、不明不白的無妄之災。

君主可能傾盡全力，撲殺批其「逆鱗」的臣子，誅殺以為企圖批其「逆鱗」的臣子，寧濫無缺，寧枉無縱的。

中國歷史上枉死於「逆鱗禁區」的人，數不勝數。專制政體最忌「欺上」。明朝開國之君朱元璋因為大臣許元奏章中有句「體乾法坤、藻飾太平」而辣手殺人。「法坤」效法坤道之意，皇帝以為臣子影射他「髮髡」，嘲笑他剃過光頭做過和尚。穿鑿附會，也把「藻飾」變成「早失」，「藻飾太平」變成惡咒語「早失太平」。

不要以為時至今日，講自由民主的時代沒有「文字獄」、「欺上之罪」，老闆上司心裏仍舊有這塊「逆鱗」。

我哋呢班打工仔如何防範「飛來橫禍」呢？

招數一：平常心。修煉不爭功、不爭名、不爭利、不爭權的心理。心裏沒有慾望，外表、神態就隨即馴良。老闆上司最忌「蠱惑仔」、「自詡英雄」、「山頭霸王」。印象良好，即使偶然誤觸「逆鱗」，也不會認定存心挖苦。反之，早有戒心，早存成見的，必定早日遭殃。

招數二：謹慎觀察。這塊「逆鱗」實有蛛絲馬跡可尋。察言辨色，留意細節，可以察覺得到。千萬不要好奇做實驗，試圖玩火，一次意外終身遺憾的。知道了禁區，也不必牙擦擦四處張揚。隔牆有耳，暗箭難防，自己心知肚明好了。

招數三：守口如瓶。不但要「守口」，也須「守面」、「守態」。「守面」就是避免從面色中流露譏諷嘲笑的神色，「守態」是避免身體語言的表露。或者問：豈不是太辛苦太難為嗎？大丈夫不應為五斗米折腰，拿出骨氣來。對！閣下發覺老闆上司的「逆鱗」難以侍候，宜及早引退。又棧戀名利，又不避開「逆鱗」，天下間未有如此便宜的事。

品格考試

老闆試探夥計的招數已經揭破，老闆考驗夥計、上司考驗下屬的觀察法今回披露。古代傳下來的有五個觀察點：

一、富——視其所與

有閒錢的時候，便有心情去購買心愛的東西，去花費剩餘的財富。觀察一個人的用財方式，所貴重之物，真性情流露無遺。

有些老闆十分細心，加薪之後，暗中留意夥計有何異動。物質慾望強烈的人一旦成為「暴發戶」，名牌掛滿身上招搖過市，急於換新車、換新手提電話，家庭生活質素卻未見改良。老闆一一記在心裏，結論是：貪圖物質慾望的夥計並不可靠，不願委諸重任。中人之資的老闆，都知道儉樸老實的夥計靠得往，唯有「暴發戶」的老闆，或許欣賞「暴發戶」夥計哩！

二、居——視其所親

物以類聚，臭味相投是千古定律。對於備以交託大事的夥計，老闆自會仔細觀察他身邊的朋友。交朋友假不了的。不是藝術愛好的人，坐在音樂廳如坐針氈，不懂得繪畫書法的，面對名畫如對牛彈琴，附庸風雅，易於露出馬腳，貽笑大方的呀。同一種興趣，同一種心態，大家才有話可說，有類可聚的。俗語有話：「近朱者赤，近墨者黑。」觀他的朋友類型易於知道他的性格趨向。

三、達——視其所舉

有任用的權力，老闆觀察他擢升甚麼樣的人。任用私人，糾結同黨，建立「小山頭」，即使無不軌之心，老闆絕不喜見。建立山頭，絕不會對組織有利。老闆心中杯弓蛇影，估計定有不可告人的秘密需要隱藏，或以為下屬組織勢力，推測別具用心。能夠任用員工，應唯才是用，開誠佈公，秉公辦理，避免瓜田李下之嫌，更須避裙帶關係。

四、窮——視其所不為

窮不單指貧窮，亦代表遇上困難的黯淡期。所謂逆境時候，便是老闆觀察夥計做人宗旨和品格的最佳時刻。有人「發窮惡」，「賊性」表露無遺，為求能扭轉「窮勢」，不擇手段、不顧廉恥；有人頹廢失落，怨天尤人，自怨自艾，不能振作；有人堅守原則，寧窮不惡。俗語說：「患難見真情。」處於困境，最易見到真面目。老闆可能專誠考驗夥計，讓他深入困境，好作考驗。夥計下屬宗旨不堅定，「照妖鏡」下，無所遁形。

五、貧——視其不取

貧窮或者經濟情況受到衝擊，貪念便生。貪性流露了。貧是相對的，豐衣足食仍有喊「窮」；金屋名車，還是不滿足，此乃貪得無厭。貪念一起，吃得下整個宇宙。老闆察覺到了，怎不遍體生寒？

老闆、上司依據此五種情況觀察夥計下屬，以便任用最佳人選輔助事業，夥計屬下不可不知、不可不防。

相對地，冷眼旁觀，用之以選友，用之選「明君」，用之以選終身伴也未嘗不可。最少可以作為警惕自己的一種方式，鼓勵自己品德上的修養，無論做老闆、做夥計，益處太多了。

洗腦

高僧教善信「人際關係修行」曰：「應尊重別人，所以你大我小，你有我無，你樂我苦，能這樣去想，能促進人際的關係。」

這一招謙虛功夫，乃係至柔的絕技，學得成功，融會貫通，拍心口講句，真是全世界通行無阻。除非遇上生番，或文化大革命，或中古歐洲黑暗時代，或許無符。

自謙不同自卑，切勿混淆。自謙者，自己內心知道有斤有両，卻極度隱藏壓抑，永遠把自己放於別人之後、別人之下，毫無在人之前、在人之上的心理或行為。自卑呢，乃對自己沒有充份信心，為了安全起見，甘於在人之後在人之下，希望有人在前面頂陣，有人在上面遮擋。

自謙是要鍛煉而成的。

入門心法好簡單：得閒無事，搭地鐵、乘渡輪、發白日夢、未起床等等空隙時間，經常念起：「自己是聰明人，可是世界多的是聰明人，比自己聰明的不知凡幾！自己是漂亮人，可是世界多的是漂亮人，比自己漂亮的不知凡幾……」心法也者，替自己「洗腦」之謂也。日子有功，自大自誇叻唔切之心漸散；尊敬、看重別人的心日強。直至遇見任何人類，哪管是黃口小兒、街頭乞丐、老弱殘兵，都察覺到有其值得敬重的地方，庶幾練就矣。繼而急速減輕對名利的慾望，覺得「名」如幻影走馬燈，「錢」如麵粉公仔頭。你自大你有錢你巴閉都與我無關，尊重閣下者，只尊重閣下之品格操行而已。

說來輕鬆，修煉卻苦。有些人要靠信仰維持力量，愚見認為：人定勝天，不妨親身試試看。

第三章

天下無敵

斷腳、裝瘋、吃屎，所為何來？

這是一段真實的歷史記載。

這個慘絕人寰的故事發生在有三千年文化的中國歷史裏。我們讀到它的時候，全身的毛管都豎立起來，頭上痕癢，心跳加速，雖則相距現在二千三百三十七年，但驚震的心還在顫動。

鬼谷子有兩個出色門生，孫臏和龐涓。他們在鬼谷子教導下學習兵法。龐涓自以為才能不如孫臏，在一山不能藏二虎的心胸下，設計害同學孫臏。據史書所載，龐、孫二人除了公事上的妒忌外，私人上沒有甚麼過不去。可是這妒忌之火花卻引出千古冤獄，殘忍無比。

最初兩人離開鬼谷子時還是好友，龐涓得到魏王信任，做了大將，還推薦孫臏。而孫臏才能比他高，漸漸跨過了他的地位，這引起了人類獸性的一大禁忌，於是龐先生派人誣告孫臏作反，當然證據確鑿，龐涓還假意求情，魏王免孫臏一死，改為砍斷他的雙足，使他永遠不能走路，當時犯人又沒有輪椅，只得在地上爬行。這個冤獄及懲罰比死亡還殘忍。

此時，孫臏還不知受奸人所害（事實有時如古龍小說一樣，最親密的朋友，就是最危險的敵人），他還背默鬼谷子的兵法，好教師兄龐涓。

終於，他及早發現了真相，便只有偽裝瘋狂，啼笑終日，有時恐防明眼人識穿，還變本加厲，吃屎吃尿，為的是使龐涓對他放心，管理鬆懈，然後逃離魏國，走回齊國，好等機會報仇。

終於在公元前三四一年，馬陵一戰中孫臏殺了龐涓，報了大仇。

這段歷史告訴了我們甚麼？

它告訴了我們：在世上不可招妒。招妒是萬二分危險的事，可大可小，如孫臏的遭遇，何其慘也！

人是會妒忌的動物，這個妒忌之心，天生下來，似乎已經成熟。無論男女老少，甚至嬰兒也會妒忌。

妒忌是心裏很大不愉快、不安樂，因為別人比他好。在比較底下，發現了不公平，於是妒忌之心油然而生！

明顯一點的事例，可以從日常小孩子爭吃糖果玩具或女人、小姐們爭風吃醋中見到。

妒忌差不多是我們本性之一，在我的價值觀來看，並沒有好與不好。因為妒忌是發自每一個人內心的，有了妒忌，下一步採取甚麼行動去平息妒心、下這一口氣，是各有修行的。

心地好的會自我銷解妒心；消極的會有阿Q精神，或自怨自艾；積極的會發憤圖強；心地壞的會如龐涓先生一樣，設法使到優異超過自己的人落敗，自己超越他的優點。

每個人都會有些地方招致妒忌，亦會有些地方妒忌別人，這是不可避免的。

小寶神功就要學會如何減少別人妒忌的機會，而不去妒忌別人。

使人妒忌，就是因為自己有優勝別人之處，這種優勝之處可能是先天、

也可能是後天培養的。萬萬不能因噎廢食，埋沒才能。要做的，是不許自己誇耀才能，不做鋒芒畢露的事。有風切勿駛盡𢃇。

你想像過楊過用的鈍劍沒有，愈鋒利的劍愈是黑黝不起眼。

你讀過「楊修之死」這段故事沒有？這是鋒芒畢露招致殺身之禍的另一悲劇。中外歷史數不盡多少先例，有才能的偏偏死於自己的才能畢露。

世上奸雄自以為最優異、最聰明的人不知凡幾，有些心中可划船，有些心眼比針眼還窄，要是碰着他的「死穴」——最敏感、最不可侵犯的地方，可能招致殺身、斷足、吃屎之禍！

能退一步，把自視點降低，逢人都比他低一級，甘做老二，又如何呢？這並不是失去上進心，而是不衝擊他人的上進心而已。

這段故事教訓我們：

小心招妒。

一歪不可收拾

一切陰謀都起源於很小的歪念。這個歪念慢慢地生長，慢慢地滋生，而且以雪球滾下山的姿勢，愈積愈大，愈滾愈快，愈滾愈廣泛，至到不可收拾的局面。

我的祖宗劉備先生有句教仔名言：「勿以小惡而為之。」任何「小惡」到底必成為「大惡」。世上亦沒有「小惡」，惡即是惡。為了掩飾「小惡」，卒之做成「大惡」。縱容「小錯」，亦必會鑄成「大錯」。

各位親愛的看官，請看一個因果相報的歷史故事。

先看李太白詩人在《襄陽歌》的兩句：「咸陽市中嘆黃犬，何如月下傾金人。」「咸陽市中嘆黃犬」出於《史記》的一個典故：故事主人翁姓李名斯，是秦始皇嬴政先生的得力助手，身居宰相要職。當他在咸陽市被判腰斬時，向陪同受死的兒子嘆道：「我很想和你們拉着黃狗，一起到上蔡的東門外遊獵，讓獵犬追逐狡兔。這種閒情逸致還可以重溫嗎？」

司馬遷先生寫李斯最後遺言，充滿了後悔、怨恨、憐惜。假如李斯先生當初不懷任何陰謀，怎會弄到當日田地？假如他消滅一時的歪心，當日就會悠閒地牽着黃犬，遊獵上蔡，與兒子們享盡天倫之樂，遊盡自然美景，何須飽受苦刑、身首異處、連累三族、後悔莫及耶？

李斯乃荀卿的學生，年少已經十分聰明，再追隨名師學「帝王之術」，更加如虎添翼。他看透了當時的形勢，知道日後天下屬於強秦，於是投奔秦國，以其鋒利的口才、靈敏的頭腦游說秦王。

人才即是人才，無論如何也不能壓抑。秦王政聽了李斯的分析，立刻拜他為長史，實行他收買及行刺六國君臣之計。（愚見深信：無論古今中外，任何主義的社會，都渴望真正的人才。經過若干時間的考驗，真材實料自然脫穎而出。可惜世間總有不自量力、好高騖遠的人，經常向現實攤牌，認為自己懷才不遇，或自慰時運不濟，妄想自己的前程中六合彩。我對他們沒有甚麼批評，只能曰「愚不可及」也！）

後來，秦王政收拾了六國，統一天下，重用李斯的獻計統一了文字、法度、律令等等。李斯由一個平民百姓，經過多年的政治研究、多年的建國設計、多年的政治決策，進升成為中國第一次大統一皇國的總幹事，寫下歷史新的一頁。

司馬遷先生在他最得意之際，伏了一筆。太史公描寫：當李斯的兒子娶了公主，女兒嫁了王子之後，百官都到他府上拜壽。門庭車騎千數。李斯喟然嘆曰：「嗟乎！吾聞之荀卿曰『物禁大盛』……物極則衰，吾未知所税駕也！」（税駕的意思是將來的吉凶還未知止泊何處？）

雖然李斯有防爛尾的心理準備，然而命運使他不可以經常清醒。秦始皇遊沙丘病逝，同行的還有太監趙高和公子胡亥。趙高見機會到了，試探胡亥謀位的意思。胡亥表現得庸庸碌碌，奸險的趙公公對這位庸人更具利用把握。

至於李斯，趙高亦須收買。趙高知道李斯非常珍惜宰相的尊貴與權力，就利用這個弱點來作收買的魚餌（但凡有所不惜者，都是一種引誘、一隻痛腳，亦是一竅死穴，最易被敵人死抓不放）。李斯恐怕長子扶蘇得位之後，蒙恬為相，自己多年的權位，可能被逼拋棄。為保障自己，不惜串謀趙高，枉立胡亥。當李先生向現實屈服之際，還垂淚太息曰：「嗟乎！獨遭亂世，既以不能死，安枉命哉！」（這句話實在是推卸責任與罪孽，太不像話矣！）

既然加入了陰謀集團，日後每一件事情都從維護這個陰謀而努力。李斯英明的才智，也只好運用到邪惡的政治道路上（共同串謀作奸犯科者，必定是互相猜忌、互相排斥、互相攻訐者）。

趙高借胡亥荒唐及無知的性格，開始向李斯開刀。他曾經佈局使李斯開罪胡亥，叫他在胡亥歡樂的時刻晉見。李斯亦反擊趙高，上書力陳其不是，勸胡亥不可信賴閹人。可惜胡亥恐怕李斯會殺趙高，把所奏通知了他。趙公公見勢頭不對，連忙先下手為強，誣告李斯下獄。

好一個李斯，他的才智使他對自己的信心堅強，他認為苦打成招亦在所不計，只要未曾死去，自負還有辯才，又對國家有功，兼且身家清白，終可以平反。

趙高亦是難得的對手，派了十多個心腹，假裝成審判的官員，輪流去覆審李斯。李斯以為可以平反，卻換來惡毒的拷打。卒之胡亥派來真正的覆審官員，李斯捱不過拷打也不辨真假，寫下服罪的供辭。據《史記》記載：二世二年七月，李斯判了五刑：黥（音鯨），刀刺額復塗墨；劓（音二），割鼻；割下腳趾；鞭打；菹醢（音追海），剁成肉醬腰斬。並夷三族（父、母、妻）。

文首講述李斯「東門嘆黃犬」的典故就此結束，悽慘的收場多起源於一念之差乎！

古為今用的帝王法

請先看《韓非子》第九卷——這卷的名稱為〈內儲説上〉。拙筆先抄寫原文：

主之所用也七術，所察也六微。

七術：一曰：眾端參觀，二曰：必罰明威，三曰：信賞盡能，四曰：一聽責下，五曰：疑詔詭使，六曰：挾知而問，七曰：倒言反事，此七者，主之所用也。

所謂「七術」的意思，就是七種方法；「六微」的意思，也是六種微妙的辦法。

以今日的語言，這篇是管理階層的人員（即古代帝皇）應備的七種計謀、六種妙法，用以控制所屬的下級。我為甚麼把幾千年前韓非子所説的管理辦法提供給各位參考呢?原因很簡單,即使在科學進步的今天,各位老闆們、上司們或多或少都會應用韓非先生的管理辦法。我們這班打工仔,如果能加強了解上司、老闆控制我們的方法,或者能知己知彼,處處了解上司、老闆,從而工作更加順利,受重用及提拔的機會也許增加的呢?

韓非先生善於利用寓言來解釋他的見解和學說。這些寓言十分生動有趣,我試舉幾個例子給大家說明:

故事一

韓昭侯大人割下自己的一隻指甲,然後告訴部下,他不小心遺失了一塊指甲,命令他們四處找尋(古時統治者向下屬的要求也十分荒謬)。部下找來找去也找不到,其中有一位自作聰明的,把自己的指甲割下來,獻上給韓昭侯,以圖領功。誰不知正中韓昭侯的詭計。

他以這個測驗,知道誰個下屬忠誠、誰人阿諛奉承。

作為上司的人,一般都會有考驗屬下的心理,猶如韓昭侯的上司,不知凡幾。**作為下屬的，千萬要小心謹慎，千萬不要輕率欺騙上司。因為一次的不忠，就會影響終身的不為信任。上司對不可信任的下屬，是絕對不給予栽培提攜的機會的。小心你的上司仿傚韓昭侯。**

故事二

有一位叫龐敬的縣令，吩咐一隊人馬去巡察市集，臨出發前，突然叫領隊的隊長站在身旁，但不作任何吩咐。一會兒，卻吩咐隊長也隨隊巡察。巡隊的隊員，看見隊長受召，懷疑縣令吩咐了特別任務，不敢偷懶。而隊長亦不明白為何縣令叫他站在一旁，不作一聲。可能是叫隊員監察他的行為，也不敢造次。是以大家都不敢作奸犯科了。這就是所謂「疑詔詭使」。

我們的上司，亦會利用這種心理戰術來控制屬下。機構愈大，控制的範圍也愈廣泛。**上司不可能監察每一位下屬。他定當會使用這種互相監視、互相牽制的方法來管理。做下屬的，亦應了解這種方法的奧妙，以配合產生良好效率之用也。**

故事三

這是一個共鳴性甚重的故事：

又是上文那一位韓昭侯，他老人家洗澡的時候，發現浴盆中有一塊石子（可能有損他老人家的尊屁股），韓昭侯有點光火，但仍然保持清醒的頭腦。

他向部下問道：「如果掌浴的官員被罷免了職，可有人遞補他的空缺？」左右的人答道：「大有人在。」韓昭侯道：「請這位候補掌浴的官員來見我。」

候補浴官以為將會升官，來到昭侯面前，昭侯責罵地說：「你為甚麼把石子放在我的浴盆內？」那位仁兄嚇得目定口呆，舌頭兒伸了出來，縮不了進去，連忙認罪道：「因為原來的浴官被罷免，小人就可以補上，所以故意陷害他，把石子放在你的浴盆裏。」這位韓昭侯果然看通了官場的通性，凡有利益所在，必有人虎視眈眈。一件無緣無故發生的事情，肯定有其隱藏的陰謀性。人類為求爭取利益，往往不惜嫁禍及傷害別人，甚至親如父母、兄弟、妻兒，亦在出賣之列。

作為上司管理層的人物，想必要具有韓昭侯明辨是非、分析事理的能力，才可以避免為下屬所利用、避免了被假借權力作威作福的機會。如果上司庸碌愚昧，這位被陷害的浴官永世不會有平反的機會了。陷害、欺詐的手法亦會因上司庸碌而加強繁殖，繁殖到不可收拾的地步。

《韓非子》一書真確值得我們閱讀及細玩其意味，還有甚多寓言故事可作為處世參考者，望老細與夥計皆抽空一讀也！

扁鵲大夫的話

讀古寓言而印證今天生活中的一些情況，每每驚訝古人對人類社會的了解、對事情發展規律的領悟，實在十分深刻透徹。雖然今天科學發展到驚人的階段，然而我們卻很容易忽視了做人處世的「科學」，豈不可惜乎！現在講一個《戰國策》的故事，讓大家一齊驚訝古人透視智慧：

扁鵲先生，一位非常精於醫術的大夫。他生於春秋時代的秦國。扁鵲大夫的醫術高明，人所皆知，當權貴的要是有病，當然要找他來醫治了。

當時，秦武王染病，請了扁鵲大夫來看。扁鵲看完，開方處藥。退下之後，秦武王周圍一班讒臣便向武王獻殷勤了。他們說：「大王的病在耳朵之前、眼睛之下，即使醫治亦未必會治好，萬一有甚麼差池，大王就會弄聾了耳朵，搞盲了眼睛呀！」武王再見扁鵲的時候，把這番話告訴了他。

扁鵲大夫聽了，大發脾氣，把石針抛掉，憤怒地說：「大王跟懂得醫理的專業人員商量治病，卻又讓不懂醫理的人來加插破壞意見。如果用這種管理方法來統治秦國，只要一次決策不定，必造成亡國的了。」

原文精句：「君與知之者謀之，而與不知之者敗之。」

各位看官：這則寓言的情況在生活中豈不經常重現嗎？秦武王左右的讒臣，一如正常的幫閒人物一樣，永遠講一些不負責任、不講邏輯、消極反面的說話。這班小人物說話的目的，旨在利用這些場合表現自己的「假謹慎、假細心」。

任何一件事情，先講反面消極的觀點，必然有着數，因為當事情正常發展收到好的效果，當事人必然忘記了當日壞的批評。而當「好嘅唔靈醜嘅靈」之際，就可以大做文章，滔滔而談，儼如生神仙早已預料得到。作為領導人必定要認識清楚這種「閒言閒語」。當屬下的，亦要警誡自己切勿仿傚這種「閒言閒語」。

扁鵲大夫的指責，十分有力。**主事的人，一經信賴專業人員的意見、**

指導，就要珍惜他們的專業知識。假如可以信賴一般閒人的隨口意見，又何苦祈求專業的指示呢？據鄙人的觀世經驗而言，主事人亦多犯上述的弊病。最失敗者，則信任不負責任的閒言多於負責任而有份量之言；次失敗者，則信任自己的思想多於專業人員的思想。前者，愚見認為是「庸君」；後者，愚見認為是「霸主」。能審度情況，知人善任，盡可能吸取屬下之長而融會運用者，始為「明君」也。

水磨功夫

小寶神功的信徒應練就辦公室兵法，有番兩三吓散手，老闆夥伴另眼相看者也！

孫子兵法云：「知己知彼，百戰百勝。」了解老闆的脾氣至為重要。老夫從古籍中挖出幾個實例，讓讀者從中領會，借古喻今焉。

《戰國策》有此一說：秦王顴骨上生了一個又大又毒的瘤，十分痛苦，慘不堪言，專誠請了當代名醫扁鵲大夫到診。扁鵲檢查一會道：「這個毒瘤要割掉的，明天便做手術吧！」秦王個心十五十六，那班吃屎的大臣圍着大王，假作關心。

有個馬屁精道：「大王的瘤，在耳朵前、眼睛下，割掉不一定斷根。哎呀，萬一把耳朵搞聾、眼睛弄盲，那怎辦喲！」

秦王聽了，冷汗直冒，牙關打顫，終夜不能成眠。翌日，扁鵲正要施手術，秦王猛搖頭不願，並且說出讒臣的狗屁理由。扁鵲登時光火起來，把針石都丟在地上，怒道：「君與知之者謀之，而與不知者敗之……」然後拂袖而去。

看官必須知道：老闆上司甚多具秦王的脾性者，老喜歡詢問屬下的意見，尤其被視為專家的人所提出的意見。可惜，問完一輪後，又詢問假專家的意見，甚至詢問「倒米專家」的意見，阿彌陀佛！卒之相信了最差的意見，整個計劃便敗壞了。

作為老闆上司者，收集愈多不同的見解，便有愈多資料可作參考，抓意見實在無可厚非焉。但卻要冷靜的分析專家及「倒米專家」意見的異同利弊。並不是那人說得動聽，講得理直氣壯，符合自己的喜好便是忠言。逆耳的、頂肺的、激氣的、唔啱心水的，卻分分鐘是上上之策也。

作為屬下夥計者，見到十個忠臣不敵一個秦檜自會大口大口的吐血。見到上司不納忠言，反用上了蠶蟲屎橋，定當會激到撼頭埋牆。

然而，老夫之小寶神功經驗所得，切勿就此放棄進諫。認為是對的說話，不斷找機會再向老闆上司表明，找機會單對單密傾，要不然用書信方式投遞，總之夠誠懇、夠長氣、夠痴情，好似追靚女一般，以「水磨功夫」熬到尾，唔敢擔保一定有效，但卻是一着好棋焉。

不可鄙視滑稽

滑稽

——當你看見這兩個字時，你理解的是甚麼？

這兩個字的組合為何解作：「詼諧、好笑、引笑」的名詞呢？

「滑」在這裏亦音「骨」。滑稽，本解：「流酒的器皿，轉注吐酒，終日不已。」引申比喻人的言語捷給，出口成文，應對不絕，而成就諷刺、譏喻的效果。這種心態，是一種高尚的情操，是古今中外人類獨有的精神。滑稽不可鄙視也。

在《史記．滑稽列傳》中，司馬遷曰：「天道恢恢，豈不大哉！談言微中，亦可以解紛。」

現在講兩則滑稽人物的故事，第一位：淳于髡先生，「髡」粵音坤。

故事一

淳于髡先生為人滑稽多辯，思想敏捷，一流口才。在齊國當使者的時候，是一位優良的外交家，數度出使，未見失敗而受辱。當其時，齊威王先生很喜歡淫樂，作長夜之飲。一位統治者耽於逸樂，當然荒廢正事。一人失政，國家便亂籠。

外敵乘機侵略，國勢日漸危殆。大臣們只有空着急，又不敢進諫。（左右大臣見死不救，乃出於短見的自私心理，恐防獨夫一個不高興，殺及全家。）唯獨淳于髡先生夠膽出來説幾句話，他知道齊威王喜歡用隱語（兜大彎説話的意思），於是説：

「國中有大鳥，止王之庭，三年不飛又不鳴，王知此鳥何也？」

齊威王雖則荒淫，仍不愧是個聰明機智的人，他立刻領悟了淳于髡先生的暗喻。他回答道：

「此鳥不飛則已，一飛沖天；不鳴則已，一鳴驚人！」

淳于髡先生就是用這隻抽象而生動的「大鳥」來比喻威王。所謂「不飛不鳴」，表示威王還未開始盡心打理朝政。威王之所謂「一飛沖天，一鳴驚人」，乃回應淳于髡先生，他的而且確是個有才能的領導者，只要去做，就會比別人做得好。果然，經此一問一答，威王實行他的才幹，內外俱治。

拙作《小寶神功》中曾提出：做人處世必要盡力保留別人情面，髡哥深明此道，他不作正面的指責，不作嚴肅的教導，亦不作委曲的勸喻，就因為知道以上種種進諫方式都是收不到最佳效果的。齊威王喜聽隱語，證明他是一個非常聰明的人。領悟力、聯想力有超人之處。這種人必定是恃才傲物，輕視其他思考遲鈍的人。淳于先生看準這個要點，安排巧妙的說話，話裏藏有讚美威王、推動威王的含意，而彼此聽了，或者其他人聽了，都沒有直接讚譽或詆譭。威王心裏有數，不丟面地全盤接受。既警醒領導人，又不傷其自尊心，更富娛樂及趣味性，實乃智慧的高境界也。當今之世，如齊威王有才幹的領導人，可能很少；如齊威王不喜聽直接勸諫的領導人，卻很多。**率直、直接的言論固然值得欣賞；滑稽、巧妙的說辭亦不可盡忘。切不可認為只有嚴肅的態度才是辦事的正道，幽默、機智、靈敏**

亦能解決問題也。

故事二

《史記》又載：「其後百餘年，楚有優孟。」「優」字解：「從事音樂藝術演出的男性工作人員」（女的叫「倡」），並非是他的姓氏。這位叫孟的先生，亦是一位多辯、常以談笑諷諫而出名的人物。

楚莊王十分喜歡馬匹，供養所愛之馬匹，極盡豪華之能事。馬匹死了，更命群臣為牠舉喪，並欲以棺槨大夫的喪禮葬之。在專制政體之下，別講是馬，就算是一隻小螞蟻，如得皇上寵幸，亦可以任大王想咁做就咁做矣。左右大臣期期以為不可。莊王橫蠻地說：「誰敢諫者，死罪一條。」眾人立刻收聲。唯有這位孟哥敢想辦法勸諫。

一日，他走入殿門，仰天大哭。莊王大奇，詢問他因由。孟哥說：「這匹馬是大王所最寵愛的，以堂堂楚大國，有甚麼不可以做呢？現在以大夫之禮舉葬，太失面子了，請大王以大君之禮舉葬！」

莊王答道：「為甚麼呢？」

孟哥答道：「請盡一切豪華隆重之能事來舉喪，其他諸侯聽了，都會知道大王賤人而貴馬了。」

莊王感覺到孟哥哥在諷刺他，然而態度又並不可憎，極富娛樂性。想深一層，死了匹馬，搞到咁「墟冚」實在不必，開始後悔矣，遂問他如何收拾這個局面。孟哥一句唔該，提議不如煮咗嚟食（這段說話古文修辭甚佳，可惜深奧，不宜詳列），莊王亦不想再令天下人談起這件傻事了。

* * *

以上兩位滑稽偉人，都有一個相同幸運之處，就是所事者乃英明神武的明主也。假定所事之主，愚蠢而領悟力薄弱，IQ 零蛋，則兩位仁兄亦徒勞無功，得啖笑而已，何能記入史書哉？然若非這兩位仁兄之用婉譬曲喻，另有人以憨直進言，又只徒增幾名為正直而死的怨鬼而已，何曾會讚譽齊威王、楚莊王為一代英明雄主乎？

霸王之死（其一：只看心情）

從藝術加工的容易度來量度，楚霸王與漢高祖誰人容易描寫呢？

答案當然是楚霸王項羽先生。

他一生充滿了傳奇色彩，性格鮮明，形象宏大，加上一段似乎充滿浪漫色彩的愛情，增添了不少迴腸蕩氣的氣氛，再加之淒慘的收場，就形成了古今戲劇的上好材料。透過藝術的加工、改造，使項羽成為一名不朽的英雄形象。更甚之，是一位「天妒」的英才、一位多情的大俠、一位充滿悲劇細胞的男主角。

這只是後世藝術加工的結果。項羽先生並不是這麼「偉大」。依據司馬遷先生巨著《史記．項羽本紀》的記載：項羽只不過是一位「死不知錯」的莽夫。以現代人的理解，他是一個不懂政治而想作為領導人的可憐犧牲者。他之失敗，完全歸咎於不適宜做政治家的性格。（司馬遷評項羽先生之名句曰：「……自矜功伐，奮其私智而不師古，謂霸王之業，欲以力征經營天下，五年卒亡其國，身死東城，尚不覺悟，而不自責，過矣。乃引『天亡我，非用兵之罪也』，豈不謬哉！」）

項羽先生不能從事政治，大有文章。各位親愛的讀者，不妨抽空細聽可也。

項羽是楚國將門之後，二十四歲正值年少有為之年，就參加革命。二十六歲已經成為獨當一面統領軍隊的大將軍。二十七歲入咸陽城掌握實在權力而為西楚霸王。到烏江自殺那一年，他才三十一歲。

我選第一個故事發生於攻入咸陽之時。當項羽軍隊進佔函谷關之際，卻遭受秦軍堅守。與此同時，卻聽見劉邦已破咸陽。項羽大怒，派大將黥布死攻入關。項羽之大怒，因為他認為自己才有資格攻入咸陽。反秦之初，亦訂明誰先攻入咸陽，誰人為王。劉邦先攻入敵京，換句話說，項羽即是功虧一簣，拱手讓了天下給劉邦。

劉邦軍在壩上，未與項羽相見。鬼頭仔曹無傷乘機向項先生火上加油。他說：「劉邦想當關中之主，任命秦王子嬰為相，把秦國的珍寶都據為己有。」項羽大怒，誓要擊破劉邦軍隊。

要注意「大怒」這兩個字，司馬遷重複用了兩次。作為一個政治家，豈可以「大怒」耶？搞政治的人，都是心平氣和、冷靜謹慎去分析及處理事務，決不會輕易「大喜」，亦不會隨便「大怒」。因為「大喜」、「大怒」都只是情緒的表現，對解決問題無補於事。況且人在情緒波動之際，缺乏細心的設想，最容易意氣用事。項羽之不善為政客，已見一斑矣。（或有清高者言：「假如人不欲輕易表達自己的感情，處處極力掩飾真情實感，於世亦乏趣味矣！」愚見認為：優良的政治家，亦與常人一樣富有感情，亦須合適地表達，只不可易於衝動、忘記身在江湖而已！）

項羽的謀臣范增老伯乘機説殺劉邦，免留後患。項羽贊同。（**項羽贊同或反對任何建議，似乎只看當時心情。作為領導人只看心情、不看實情，危矣。**）幸項羽之叔父項伯與張良善交，把這個消息洩漏給張良知道，張良連忙警告劉邦。各位，從《史記》記載的一段對話，大家可以分辨出劉邦是位較為有政治常識的領導者。他在決策之前，細心查問張良。

劉邦聽了大驚問道：「怎辦好呢？」

張良答道：「是誰替大王作此計策呢？」（指堵住函谷关，不讓楚項羽入關，然後當關中王一計。）

劉邦答道：「是那個畜生（不知指誰）。」

張良道：「依大王估計，你可以對抗項王嗎？」

劉邦想了片刻道：「當然無法對抗，但怎樣辦才好呢？」

張良道：「要拜託項伯了，請代說您不敢背叛項王。」

劉邦道：「你怎樣認識項伯的呢？」（注意：性命攸關，劉邦並不會貿貿然信賴認識不深的項伯替他說項的。劉邦是何等機智——問明這個關鍵。）

張良道：「在秦時，項伯和我常在一起。項伯犯了殺人罪，我曾救他一命，故此在危急之際，他才告密救我。」

劉邦問道：「誰人年長？」

張良道：「他比我年長。」

劉邦道：「趕快請項伯來，我待他以兄長之禮。」

各位請勿忽略後面的三句問答。劉邦見項伯與張良的關係深厚，不似偽作，放下疑心。又恐張良怪他狐疑多問，連忙改變話題，一石二鳥，拉近張良、項伯和他的關係。政治家是何等醒目、靈活及謹慎呀。這兩段性格比對，毋須文字明顯的說明，讀者已心裏有數，知道誰勝誰負了。

下文更講到《史記》的精華，亦是中國歷史上最富戲劇性的一幕「鴻門宴」。鄙人將為各位下項羽的歷史評價。

霸王之死（其二：舉棋不定）

話說到劉邦已決定要面對忿怒的項羽，首先收買了項羽的叔父、張良的老友項伯，對他說明不敢「標項羽松柴」。項伯當夜就向項羽說情，並代說了很多好話。那時項羽的怒氣消滅了很多，《史記》用四字來描寫項羽的性格：「項王許諾。」亦即同意了。前幾天暴跳如雷，聽范增之言要殺劉邦，過幾天卻回復平靜放他一馬。項羽決定事幹的心何其不穩定耶？做事十五十六、半信半疑，必誤戎機，不能成器也。

劉邦一見項羽，連忙解釋，說攻入咸陽，只不過是出於意外的僥幸。能夠先入關，又見到項將軍，實在有運氣。至於傳言，乃是小人從中挑撥，目的是離間你我的感情矣。項羽聽了，不由細想，竟講出乃曹無傷之言。一場誤會，似乎在留飲的歡樂氣氛中結束。馬後炮曰：「凡有點機心的人，都能夠看出劉邦虛偽的強辯。只要項羽再加調查，不難識穿劉邦的託詞。」可惜項羽就是項羽，竟相信敵人。此乃他性格失敗之明顯例子也。

當夜，設筵鴻門。力主殺劉的范增曾多次暗示動手，可惜項羽已下了火，難再重燃。范增遂召項莊入，意圖在舞劍之際，刺殺劉邦。幸項伯亦奮身抵擋。張良見勢頭不對，召樊噲（粵音快）入。樊噲是劉邦的襟兄弟，出身是個狗肉檔下三流的粗人。樊噲非常忠於劉邦，張良召他入筵的意思，並不是可以保護劉邦，萬個樊噲亦沒有這種能力。張良只打輸數：假如對方動手，多一名敢死隊，殺得一個得一個，或者可以要脅項王，險中逃生。卻料不到項王已失去殺劉邦之意。樊噲一輪近似義正詞嚴的說話，諸如：

「……勞苦而功高如此，未有封侯之賞，而聽細説（聽謠言）欲誅有功之人，此亡秦之續耳（是繼秦滅亡的），竊為大王不取也。」項羽「未有以應」。

究竟項羽看不看見范增殺人的暗示呢？當然看到。究竟他知不知道項莊與項伯對劍實在是行刺與防衛劉邦呢？當然知道。究竟他察覺不察覺樊噲闖入是準備死拚的呢！當然看穿。然而為何不下殺客令？決心之未足夠也。為何缺乏決心呢？無長遠政治之眼光也。沒有政治家的眼光、決斷力，又怎可以成為政治領導者焉！

再一個小節，描寫項羽的小氣派。項羽攻入咸陽之後，殺了降王子嬰，一把火燒掉宮室，盡搜括財寶美女東歸。有人（甚麼人物，沒有交代清楚）向他獻計：「關中地處天險，土地肥沃，可以作為建立霸業的基地呀！」項羽見一片敗瓦，兼且懷念故鄉，藉口道：「富貴不歸故鄉，如衣繡夜行，誰知之者！」

司馬遷特意描寫他只見宮室殘破，不見土地肥沃，強調他的短見、貪心、好大、殘忍。這些都是暴發戶、自卑感壓抑過重的「霸王」所為，無怪乎這人說完「楚人沐猴而冠」一句感慨話後，被項王「監生」煮熟了。（沐猴就是馬騮。馬騮喜效人戴帽，卻戴不長久。嘲笑他急躁輕佻如猴子。）

及項羽偏私地分封諸侯，已惹起大部份人士不滿，只是敢怒不敢言。他們都懼怕項羽的威勢、武力和殘忍。劉邦見有機可乘，又出來搞事，卻被項軍大敗。其父太公及呂后被俘。轉戰多役，兩軍又對陣，楚方陷於斷糧之險。項羽於是拿出自以為聰明的招數來。他命令起一個高台，放劉太公在上面，警告劉邦說：如不退兵，就煮了他爸爸。好一個劉老四，不慌不忙，回答道：「我和項王都是受命於楚懷王的，並且結為兄弟。我的爸爸即他爸爸，如要烹殺我爹，則務必分我一杯羹呀！」項羽又大怒。項伯說曰：「天下事未可知，且為天下者不顧家，雖殺之無益，只益禍耳。」項羽又舉棋不定，十五十六焉。

難道劉邦不顧家、不顧老父乎？非也，劉邦只是拋項羽浪頭。無「嗶」反大。項羽就被拋窒。錯，就錯在最先一步；兩軍對陣，不應拿對方父親作為要脅的把柄。兩軍見了，只會恥笑，不足為大將之風範也。再錯，不應臨時退縮，只給人優柔寡斷的壞印象，減低己方的士氣，徒振敵方的軍心也。項羽見奈劉邦不何，曾經提議決一死戰，隻揪隻。劉邦笑謝曰：「吾寧鬥智，不能鬥力。」

經過多次的戰役，項羽都表現出無比的戰鬥能力，可惜缺乏戰鬥的關鍵因素：政治。在垓下一戰，四面楚歌之下，一代霸王的雄心盡喪。《史記》

記載這段情景十分淒艷、浪漫：「『力拔山兮氣蓋世，時不利兮騅不逝，騅不逝兮可奈何，虞兮虞兮奈若何！』歌數闋，美人和之。項王泣數行下，左右皆泣，莫敢仰視。」要是我看來，項羽對於失敗有極消極的看法。他不慣失敗，不願失敗。當烏江亭長欲渡他過江時，項羽不肯委屈，效勾踐臥薪嘗膽，從頭再幹。他一次又一次認為失敗乃「天亡我，非戰之罪也」。為了保存他自以為的英雄形象、豪放浪漫風格，戰至最後一兵一卒，然後自刎而死。自以為死得灑脫、美麗。

項羽的結局是悲劇，是一齣霸王的悲劇，亦是不自量力，妄求以匹夫之力可戰勝一切底夢幻者的悲劇，這悲劇正重複着上演。

第一級痛苦

《聊齋誌異》這本書各位定當聽過、看過。就算沒有全部，亦會涉足幾篇著名故事。電影、電視亦經常取材於此。

《聊齋》是清朝文學大家蒲松齡先生的巨著。蒲先生活在清朝初葉，當時社會未算安定，經常還有殘酷的戰役。各位看武俠小說都常見有這樣描寫：清朝初年，民間有反清復明的武裝活動，這些反叛，惹起了滿清暴力的鎮壓，很多無辜的人民，亦受牽涉在內，頭顱落地，鮮血橫飛。

蒲先生生長在這個時代，十幾歲便考了秀才，可是始終考不上舉人。直到七十一歲才援例成為貢生。以蒲先生的才德，五十多年竟連進一步的功名也考不到，簡直是科舉制度的一個偉大諷刺。

在國家多難、自身委屈的情況下，蒲先生滿懷悲忿，盡在《聊齋》一書內洩露。不才試舉一段批評，以供各位讀者參考。試看看蒲先生所指出的官場行徑，與現代官場的有何異同罷！

蒲先生喜歡在記載一件故事之後，加上自己的感嘆和批評，亦藉這段批評表明自己的看法。在文後，有「異史氏曰：」的，異史氏就是他本人。

在一則名叫《冤獄》的故事後，他說：「做官的任務就是要判斷案件，或者是積陰德，又或者是傷天理，關鍵在於官的判決，不能不慎重……」

劉註：當時官員的任務，包括了刑罰的審判。在沒有嚴密的法制情況下，官員就是一切法律的依據。這種重人治、不重法治的制度，一直流傳到今天。今天我們好像有「法」來治，然而，沒有文明法例的地方，何嘗不是「人」治？

「做官的人，不胡亂接受狀詞，就作了最大的好事。不是重大的情節，就不必拘留人在衙門等候；沒有難解決的問題，又何必猶豫不決呢？」

劉註：做官的，必有官威。這兩個字實堪各位細味。「官威」者：做官的架子。做官的沒有架子，就使民分不出誰是官、誰是民，亦分不出誰有權力、誰沒有權力；誰是大石、誰是小蟹；誰是刀鋒、誰是肥肉了。一擺官架子，就是施行特權，諸如扣留有關人等，未見官先打二十大板，就是官的威嚴。動不動下刑、動不動拍驚堂木、動不動發蠻、強詞奪理，就是官的基本功夫。恃着權力，「有我講，冇你講」，就顯露出壓力來。有道理、無道理着實不重要了。

「常常看見審案的情況是，一張傳票發出，就好像把事情忘記了。拿着傳票的差役，沒有收足賄賂，決不會撤銷傳票。師爺們收不夠『潤筆』費，亦不會掛出開審的牌子。這樣拖延下去，就成年累月，等不到上官堂，已消耗得筋疲力倦。」蒲先生寫出這段文字，從中已看出官場的所謂「我主你民」意識了。

長官對於審案，已視如家常便飯，一如他老人家洗面刷牙一樣，漠不關心。長官哪有考慮到犯人或牽涉的人底心理負擔呢？作為他的手下，亦會悠閒地去處理。正所謂「功夫長過命」，衙差和師爺又怎會可憐與案的小民？怎會顧慮他們的憂心、痛苦和含冤呢？上至長官，下至小吏，實在有多少人能夠急人之所急、痛人之所痛乎？「況且，沒有罪而受到牽連者，往往是壞人少、好人多。而好人受害的慘狀，定會比壞人加倍。壞人不易受虐待，好人卻容易受欺負。」

劉註：世上最令人咬牙切齒的，莫過於看見別人受冤枉；世上最令人痛苦忘生的，亦莫過於被人冤枉。我以為人被冤枉，實在是難以忍受的苦事（能夠忍受得被人冤枉者，實在是神仙菩薩耶穌也）。可惜，世上的冤案實在太多，難以昭雪的冤枉亦十居其九。世間當然有真理，可惜不會經常出現。冤案的形成，亦無法可以避免。大有可能到身死數百年之後，才能平反昭雪；亦大有可能到地球毀滅之後，亦無從得知。蒲先生所說，好人受害的慘狀，比壞人加倍。所謂慘狀，就是被冤屈時的心態，好人受虐待，最大的虐待，就是含冤不白的痛苦。

蒲松齡先生勸告為官的要謹慎，請不要胡亂發官威、作官福，亦提醒為官的要小心審判，不可胡亂使人含冤。現在的長官應當視之如圭臬。作為領導人、管理者，亦應警惕，一群下屬正翹首仰望你老人家精明的聖裁呢！

管「人」難

現代人讀《孫子兵法》不單止用於軍事，讀者都感覺可以適用於工商、政治、金融等等行業上。《孫子兵法》可算是研究人類競爭心理及行為的思想巨著。

歷代很多政治家、軍事家都鑽研《孫子》，並且努力在讀書之後，加上很多自己的註解、札記和心得。這些註解便利後世讀者在閱讀《孫子》時更加受益。註釋《孫子》最出名者，就是曹操先生。他老人家的而且確是位當世天才：文學修養好，是該代文學家、大詩人；政治思想周詳，亦是位出名的軍事家、政治家。

（羅貫中先生故意在《三國演義》中貶低曹操先生是具有某種居心的。

我們切不可以《三國演義》的描寫，或日常生活在圖書、電影、電視的描寫來誤認曹操的真面目也。）

拙學試引《十一家注孫子》的幾條內容，希望讀者大人們亦對《孫子兵法》感興趣。

《孫子》的「計篇」講述從五方面估計敵人與自己的實力。這五方面包括：一、道（可解釋作政治）；二、天時；三、地利；四、將領（領導人員）；五、法制。孫子說：「道者，令民與上同意也，故可以與之死，可以與之生，而不畏危。」引申解釋，領導的人如果與受領導的人互不調協，彼此意向不統一，一切行動必會停止；強迫推行，亦只會走向滅亡失敗。反之，上下意同，一切行動必可以順利成功。曹操註曰：「謂道之以教令。」據曹先生的註解，他是把這個「道」字解作「政治」，而並不是甚麼仁義的玄妙理論。注意點在「令民與上同意」的「令」字，如何使接受命令者同意施行命令者的命令也。

孫子說：「天者，陰陽、寒暑、時制也。」在解釋這條目時，我們發現傳說中行軍遣將者必定十分「八卦」、十分多「棹忌」。這是違反孫子學說的。信賴玄學的天、鬼神的天，並不是孫子的兵法。反之，他信賴的是自然的天、宇宙的天。不信，請看註解中所說的故事。故事說：

周武王伐紂，大軍到達了汜水的共頭山。當其時風雨交加，行雷閃電，周武王軍隊的旗幟折毀，兵馬都恐懼起上來。行軍主腦姜太公先生（一位傑出的軍事學家，並非《封神榜》中的神怪老太爺）說：「用兵的道理，順天意未必吉利，逆天意亦未必凶險。如果失去人事，則三軍就會敗亡，況且天道鬼神，看也看不見，聽也聽不聞，故此有智慧的人不會依賴神鬼，愚蠢的人卻會在此拘泥。假如尊重賢良、任用才能的人，在合適的時候做合適的事，就不用擇選時日，事情亦會成功。亦不須假求於問卜籤，事情必能吉利。不等待禱祠，福氣自會降臨。」於是命令軍隊前進。

各位看官，這段記載是何等科學化、現代化的思想，猜不到二千多年前便發生。姜太公認定自然的變化與事情的成功拉不上大關係，反而「人」的因素佔了第一位。成敗應由「人」來總負擔，不必怨天。這樣細心的分析，斗膽一腳踢開「天」這個重擔，認真了得。我最不明白，為甚麼姜太公的科學思想傳統不能好好代代相傳，反而迷信的思想卻代代滋生繁殖，為害人間也。

孫子說：「地者，遠近、險易、廣狹、生死也。」這是古代陸戰的說法，而引申來說，應如梅堯臣的註解：「知形勢之利害。」那末，海空、太空、超太空之戰亦只不過是形勢之利害分析矣。

又說：「將者，智、信、仁、勇、嚴也。」這五個字十分淺，大家應該明白，曹操註曰：「將宜五德備也。」作為領導人，無論領導多少人，亦要有此五項條件。在芸芸註解之中，有名賈林者曰：「專任智則賊；偏施仁敗懦；固守信則愚；持勇則暴；令過嚴則殘。五者兼備，各適其用，則可以為將帥。」由此可見，作為領導人應注意「各適其用」四字。愚見認為：**管理「人」比管理「事」重要得多。事情始終是由人幹出來的。假如領袖管理恰當，使下屬情緒高漲、工作愉快，下屬自自然然就會盡力拚命，辦理的事當會成功。然管理「人」比管理「事」困難得多，人是有感情的動物，有七情六慾，有自己的見解，有自尊心。這些都是「人」最難**

管理的地方。「事」卻是一件死物，「事」沒有感情脾氣，死死板板地任人主使。

亦有人曰：「智、仁、信三項乃作為人類必須具有的品質；勇、嚴才是將領的特質。」愚見以為，作為管理人員應當努力拋棄了「控制」這兩個字，換上「協助」這兩個字。要肯拋棄「控制」下層的心理，必要具智、仁、信的優厚條件，又即是具有良好的品格、高尚的情操。歷代的暴君、專制人士都是控制別人的大王。無論高壓、懷柔手段，都可求全部控制別人。這些有控制狂的人，豈會有智、有仁、有信乎？至於「嚴」的解釋：梅堯臣曰：「以威嚴肅眾心也。」愚見加插補充：所謂「威嚴」並不是作威作福、冷面無情之謂也，威嚴不單指外貌，而講內心。當領導人心地光明正大、秉公辦事、依理而行之際，威嚴油然而生，何苦要板起面孔，作老虎狗噬人之狀耶！

最後孫子言「法」：「法者，曲制、官道、主用也。」總的解釋是制度、秩序、效率等等。

我們可以從孫子提出這五點來看他老人家的兵法思想。他提出「人的因素放在第一位」。一切自然的限制都要靠人的測度、利用。一切人為的努力，更加依賴人的思想設計安排。閣下可有同感乎！

揣摩

無論政治外交、軍事、商業，一切有競爭成份的活動，都極其須要了解對手的資料。獲得這些資料就要有特別的技術。以《鬼谷子》一書所載，亦是《鬼谷子》一書精髓所在，是為〈揣篇〉與〈摩篇〉。

「揣」就是根據事實進行推測。能夠獲得準確的資料和數量足夠的資料，就如多揭對手幾隻底牌，再審量自己的實力，避重就輕，勝券在握矣！鬼谷子有實用的「揣」方法，他說：

「必須在對手最高興的時候，盡量滿足他最大的慾望，當產生慾望之際，就不能隱瞞實情；必須在對手最恐懼的時候，盡量去刺激他最棹忌的事物，當他產生棹忌的心態時，亦不能隱瞞實情。」

「刺激情慾能夠探索出對手的所好、所惡及所喜、所懼。受了這種刺激而不作反應者，就不要再施行，改而旁敲側擊，調查他的愛好和引以為安的東西。」

「情緒受到刺激，而在內心起了變化，必定會在外表流露出來；所以必須憑觀察來理解對手所隱瞞的東西。這就是所謂『測深揣情』了。」

人類是富於感情的動物，世間的規範往往使我們掩飾感情、好惡，亦經常偽裝心裏的感覺。要查探出人們內心最真確的感情，就和深海撈針一樣困難。人類偽裝、掩飾感情的技巧，經過幾千年文化的磨煉、幾千年歷史的教訓、幾千年社會的演變，已經達到相當複雜高深的境界，遠比人類查探別人內心的技巧高超。雖則如此，人類社會的科學，亦日漸研究怎樣識破及戳穿人類的假面具。

有依賴科學的協助者，如測謊機，從身體受刺激的反應下所產生的變化而查探真偽。有依賴藥物酒精的協助者，在精神鬆弛之下，使人的腦部在半迷醉的狀態下吐露真相。有依賴暴力協助者，有五花八門、出人意表的逼供刑具，使人受不了痛苦而盡訴心聲。有依賴感情的信任者，在赤裸裸的盡情信任下，和盤托出。

不管是刺激的自然反應，或是酒後吐真言，或是苦打成招，或是情不自禁，這些發掘內在真相的方法都有特定的條件限制。《鬼谷子》所提出的方法，卻不受太多條件限制。

故此，我們要了解：**讚揚別人，可使別人得意忘形，不打自招。威嚇別人，亦可使他提心吊膽，鬼拍後尾枕。同樣，為了防禦這些試探，亦應早作準備，不以被奉承為喜，不以受恐嚇為驚也。**

〈摩篇〉開首則解釋「揣」與「摩」的不同。「揣」就是逼近對方，「摩」就是到達目的地之後進行的刺激。鬼谷子更進一步介紹「摩」的特點。他舉例說：古代善於釣魚的人，在深淵投下魚餌，必定可以釣到大魚，因為善於「摩」的人，猶如善於「釣」的人，都是很適當地瞄準目的物，然後才下手。假如恰到好處，一「點」即到，則小小的「摩」力亦能產生很大的反應，對手受到刺激必然會流露出弱點或優點，能夠掌握了對方的情況，大可按照己意支配對手也。而「摩」的另一特點，就是靜悄悄地進行。

所謂靜靜地進行並不代表陰謀詭計，而是不囂張、不誇張，並切忌行大雷、落大雨的進行也。

再講及揣摩之術，作者舉出十種方法：一、用平心靜氣安撫；二、用正義責難；三、用討好讚美；四、用憤怒激將；五、用名聲威嚇（訴諸權威）；六、用行為威迫；七、用廉潔（高尚情操）感化；八、用信義說服；九、用利害誘惑；十、用謙卑套取。

各位看官，上述十種揣摩之法，在日常生活中亦經常看到，可能經常無意間用過。

細味其中，當會稍有領悟乎？

作者又介紹謀略、游說、做事的特色。謀略最要周密，不可張揚。游說最重要使對方貼服明白、適應對方的心態和要求。做事最重要達至成功，要成功則要了解物以類聚的規律，依此而進行「摩」術，就無往而不成功了。

鬼谷子看透了「人」的本質，無論是「個體的人」、「群體的人」都一定有弱點。攻其弱點，事半功倍。歷史上的例子實在數不勝數。

愚見認為：競爭的參與者最大的弱點，莫過於要求成功；其達至成功，就要付出代價。針對着要求成功的慾念，往往就可以牽制了慾望成功的人。而競爭最大的目標是成功，成功反為導致失敗，此豈非矛盾乎？真是矛盾也，人世間確是充滿矛盾，知此亦無謂逃避矛盾乎哉？

假如我是華歆

有兩位青年人一起在園中種菜，他們努力地鋤掘，忽然有一道金光閃鑠起來。其中一位青年人連眼都沒有眨一下，繼續掘下去，而另外一位青年人卻好奇地放下鋤頭，彎下腰，拾起這塊金光閃鑠的東西，細心玩味，當他發覺這不外是一塊破碎銅片之後，便把銅片丟得老遠，繼續拿起鋤頭，努力工作。旁邊那位青年面上沒有甚麼表情，但眼睛卻發出萬分輕視的目光。

同樣是兩位青年。

他們同坐一張草蓆上讀書，門前忽然傳出轆轆的車輪聲，似乎是一架頗為豪華的馬車經過。掘地時眼睛不曾斜視的那位青年，若無其事專心於書本，而拾起銅片細看的那一位青年，卻放下書本，趕緊跑到門前，看看甚麼貴人、甚麼大車經過。

當他回到草蓆座位的時候，赫然發現蓆子已經被刀子割成兩截，鄰座的青年冷冷地說：「子非吾友！」

這個故事的男主角是誰？相信大家心裏有數。

割蓆的叫管寧。

出門看究竟的叫華歆。

這兩位都是東漢時的古人，「掘金」、「割蓆」的故事已經成為歷史（如《資治通鑑》）、小說（如《世說新語》）等文獻記載。（尚記得唸中學時，學校亦有選《世說新語》此則作為教材。）無論甚麼地方選這段文字，也脫離不了讚譽管寧先生，而輕視華歆先生的。

各位親愛的讀者大人，你現在把右手撫着左胸（心臟，傳說中良心的位置）真心詢問自己，華歆先生錯在哪裏？管寧先生又對在哪裏？

如果閣下神經正常、理智清楚的話，一定會感覺華歆先生沒有甚麼過錯，管寧老哥更莫名其妙。（這起碼是我個人的感覺，一個現代人的感覺，一個雖受傳統思想教育的學生但有現代合情合理的人底感覺！）

假如我是華歆老哥，亦會很自然地看看金光閃鑠的東西是否黃金。如果是黃金，亦應該泛起一種貪念想據為己有，至多忠誠地向地主報告，交回失主。好像管寧先生的反應，連眼睛也不屑望一下，連好奇心也埋葬得扎扎實實者，我真的不明白還有人譽之為聖賢之徒，我想盡其量只能為白痴之徒矣！

假如我是華歆先生，當聽到門口有車經過，而那輛車的聲音非比尋常，我也會張目一望，不能極目，亦會暫離草蓆去看一下。這是人類天生的好奇心，如果連這點好奇心也沒有、也埋沒，不知做人還有甚麼樂趣。而華歆先生偏偏有一位這樣的朋友，為了這件小事，連忙割蓆絕交。更之然者，世世代代還有千千萬萬的「擬知識分子」厚着臉皮、硬着嘴巴，大力推崇管寧此白痴舉動。

或曰：管寧與華歆絕交，並非鄙視他的好奇心，而是鄙視他好利、好名的「野心」！

鄙人愚見亦認為多餘！

華歆是正常的「凡人」，凡人皆好利益。為了追求利益，人類才有推動智慧的原動力。我們祖先爺爺追求利益，因而發明火藥、指南針、紙張。鬼子佬的祖先爺爺追求利益，因而發明用電、用電子。不追求利益、不追求方便，人類一定仍然過着禽獸的生活。華歆對「利」有愛好之心，實乃人類天性。管寧對「利」不屑一顧，想乃「偽君子」所為。

不屑一顧「利益」，好像很「清高」。我卻認為清高的氣質在於不貪婪非屬自己者，而華歆先生亦沒有任何貪取意圖的，只不過稍為留意一下眼前出現的「利益」而已。稍為表現一下人類的本性而遭受非議千多年，亦可謂奇慘無比也！

同樣，華歆先生稍為表露人類的本性，去看一眼豪華的馬車及車上的豪客，亦非表示他不顧一切道德規範而盲目追求「虛名」、「浮華」、「富貴」，但已被朋友用最侮辱的方法，割蓆絕交。故事沒有記載華歆先生的反應。假如我是華歆，定當飽以老拳，這種自鳴清高、不顧實際的朋友，早應與他絕交！

難怪很多現代知識分子痛罵歷代儒家學者，說他們虛偽、自私、阿Q、腐敗。鄙人份屬儒家哲學思想學者的門生，往往感覺到一如管寧先生的「賢者」，並非通透的儒家，他們不切實際，一反先秦儒家思想務求實際的宗旨。而後世盲目讚揚「管寧方式」的「德行」者，亦只是不願丟面的「自我中心」分子，為求「認同」仁義之輩，為求躋身「清高」行列而已！

如果可使我重回歷史，走到東漢朝代，我寧願做華歆，也不願做管寧；如果可使我向管寧講一句真心話，而他老人家可以聽得清清楚楚的話，我會說：「挑！」

把利益「保鮮」

齊威王的少子田嬰先生是一位貴族，受封於薛城。

田嬰先生想在封地建築城池，門下的賓客都紛紛勸止。田先生不高興，拒絕接見諫議的賓客。

有一位齊國人求見，聲明只會說三個字，假如多出一個字，甘心被處死。田嬰先生好奇了，召見他。

齊人很快的走上前說：「海大魚。」說罷匆匆而走。

田嬰更加奇怪，連忙留下這位仁兄，希望詳細說明。

齊人說：「我不敢把性命作賭注！」

田嬰說：「不會的，請說清楚。」

齊人道：「你沒有聽說過海裏巨大的魚嗎？魚網捕不了牠，魚鈎拉不住牠。可是一旦離開了水，擱在岸上，就連螞蟻昆蟲都可以吃掉牠了。今天齊國好比是水，你好比這條大魚，你永遠有齊國的庇護，好比大魚永遠有深水的養活，還用得在薛地築城嗎？如果沒有齊國，即使把薛地的城池築得到天一般高，也是徒勞無功了。」

田嬰聽了，接納了停止築城的計劃。

田嬰先生是一位很明智的人。他領略了說客列陳「因果」「本末」的關係。處於現代資本主義的社會，功利主義氾濫人心，大多數的人都以短線的利益作為追求的目的，大家可曾周密地考慮一下「利益」的因果關係呢？

假如要捨棄長遠的計劃，以求遷就短暫的計劃，又或者放棄原本的崗位，冀求虛渺的幻想，卒之都是碰向失敗的門牆。輕則焦頭爛額，重則粉身碎骨矣。

每當「利益」或者「預見的利益」光臨閣下面前之際，最重要就是細心看清楚是否真正「利益」，其次還要細量要付出多少代價才能獲取這「利

益」，再其次，請衡量這利益的「保鮮性」及本末的問題。世上沒有一隻隨街亂跳的肥蛤乸也。

阿Q始祖

看武俠小說、武俠電影電視劇，總會受劇情牽引，通宵達旦，或者心思思要追看。以武俠為創作題材，必定要有強烈的懸疑性、驚奇感，才可以絲絲扣住讀者的心弦。所謂懸疑，就是要讀者自動產生往下追的興趣，作者一步一步、一層一層為他解開疑團；所謂驚奇，就是出人意表、合乎情理地編出合理（可接受的一般邏輯）而又似乎不合理的情節。

大抵各位不太明白究竟說甚麼，不如來講幾個故事，以證明一下。以下的故事出於司馬遷的記載，並非武俠小說，然其精神面貌卻是後世武俠小說的靈魂。

《史記．刺客列傳》中記載有關曹沫的故事：

曹沫是魯莊公手下的一名猛將，與齊交戰卻三戰三敗，敗國割地求和自然不在話下。勝利者齊桓公擺出一副泱泱大國的風度，與魯莊公結盟。

敗軍之將曹沫趁這個機會，手執匕首，跳上盟壇，要脅桓公。桓公驚問道：「你想怎樣呀？」曹沫道：「你以強欺弱，侵略魯國，這種侵略行為，亦會影響齊國的，你謹慎考慮一下罷！」

桓公聽了，答應把魯國割讓的地方歸還。曹沫得手，擲下匕首，鎮定地走回座位，顏色不變，辭令如故。

曹沫似是一名視死如歸、忠心耿耿的俠士。想深一層，他亦是一名恐怖主義的殺手。在戰場上失敗，明顯地力不如人，卻在結盟的場合進行恐怖性的恐嚇！雖然太史公在《刺客列傳》後註明：「他們一旦有所決定，就毅然去幹，從沒有背信忘志，名垂後世，豈妄也哉！」可是從另一個角度來看，曹沫只不過是名較為鎮定的刺客而已。大家譴責巴游恐怖手段之餘，亦不該謬讚曹沫為英雄，其心態正是一樣也。

另一位刺客就是專諸先生。

他是有名的「魚腸劍」故事的主人翁。

吳國公子光（即吳越爭霸的男主角吳王闔閭，夫差之父）對於他叔叔夷昧傳位給堂兄弟吳王僚有所不滿，出此毒計，買兇殺兄。

這件王室慘案，卻原來出於伍子胥老哥的陰謀擺佈。

當楚平王殺了伍子胥父兄之後，伍子胥避地投奔吳國，當時吳王僚執政。伍子胥說他伐楚，卻被公子光勸阻。公子光看穿他是借吳國兵力以報私仇，不是專心效力吳國者也。伍子胥見計不逞，就利用公子光與吳王僚之間的妒忌，介紹專諸給公子光，促成公子光殺兄奪位的陰謀。可憐的專諸先生，因公子光一句：「光之身，子之身也。」（我的事，即是你的事；我的性命即是你的性命）便捨身相許。

政治的野心家往往就好像公子光一樣，利用甘詞厚幣、一片誠心，去收買忠心，而英雄主義的死士，亦往往受落這些艷辭巧語，不問明原因，不調查研究清楚，就奉獻出寶貴的才能以及性命。與其說專諸等人「不欺其志」，不如恥笑他們政治意識薄弱，甘心為人利用，死而不知為何債矣！

另一位刺客故事更加慘厲，此人叫豫讓。

豫讓得到晉智伯的看重和寵信，十分忠心。至到韓、趙、魏三家分晉後，智伯被趙襄子所殺，豫讓便流落山中。他有言曰：「士為知己者死，女為悅己者容，今智伯知我，我必為報仇而死，以報智伯，則吾魂魄不愧矣！」於是幾次假扮奴工；又用漆鬃了身體假扮生癩，吞食燒炭使聲線沙啞，務求化裝去行刺趙襄子。大命的趙襄子亦三番四次認出他，拘捕他，襄子覺得豫讓的行為忠義，情願嚴加保安，亦不忍殺之。

多次行刺之後，趙襄子忍無可忍，不再釋放這位危險人物。豫讓卻大膽提議道：「明君不會破壞忠臣的名節，而忠臣亦胸懷死節大義……我請求殿下脫下衣服，讓我象徵式刺殺你的衣服，聊表為智伯報仇之念。如此，我也死無憾了。」

好一位趙襄子，竟然答應刺客的要求，立刻脫下衣服以完成他的願望。豫讓先生接過，連刺三劍，一聲長嘆曰：「吾可以下報智伯矣。」遂伏劍自殺。

豫讓可謂阿Q精神的始祖焉。

使人驚訝兼佩服者，就是趙襄子。這件事情證明他是一位手段漂亮的政治家。在極端安全之下，他滿足了阿Q的要求。使敵人可以下台，是一件並非困難的工作。他不但表現出是一位尊重義士、偉大胸襟的領導人，亦同時可借此收買屬下對他的寬宏大量底信心。

至於豫讓先生，以現代人的觀點評之，只可謂是盲目忠心的感性動物。卒之做了深謀遠慮政治班主的一名小丑。明朝方孝孺評之為「釣名沽譽，眩世炫俗」亦無言差矣。

姑勿論如何，幾位古代刺客的情操卻在歷史上湮沒了。我們再難有機會見到這般人物，有機會的話，只可從武俠小說中再見這班人物了。

「迂腐」與「痴」

自古以來，中國人便喜歡諷刺、揶揄。文學家、史學家都往往以比喻、寓言來發洩心中的不平和冤屈。大抵中國泱泱大國，禮法刑罰嚴明，老百姓不敢坦率直言，只透過機智的暗喻，才能抒發內心的感情罷。

明朝文學大學士馮夢龍先生著作量甚多，著名的有《喻世明言》、《警世通言》、《醒世恆言》及若干白話小說，他對於世態亦有很深刻的了解。不才根據他的一本大作《古今談概》（現名為《古今笑史》）試舉例介紹之。馮翁的觀看世事，很多亦符合現代人的想法。愚見認為古代的思想，很多是進步的、透徹的，並不可一見「古」字，便以為落伍也。

馮翁在《古今笑史》的第一章〈迂腐〉序講明：「天下事，被豪爽人破壞的很少，但被迂腐人躭誤的最多。為甚麼呢？豪爽人縱有疏略，仍然好像鈍了的鉛刀，還可以用來割切；然迂腐的人則猶如塵飯土羹，一點作用也不能產生。更討厭者，迂腐的人還自以為有學問、有操守、有身份氣度。違反他們的，都一律判為邪惡；反對他們的，都認定為譏謗，這班迂腐大人們便養成這個虛弱多病的社會。以至日積月累，不容改革仍永不覺悟，認真痛惜呀……」

現代社會，何嘗沒有這群迂腐分子呢？何謂迂腐呢？請先看馮翁舉一件歷史事實，列一名歷史人物來！

丙吉先生是西漢宣帝時的丞相，以識大體見稱。一次出巡的時候，剛發生群鬥，死傷橫道，丞相丙吉見了，不聞不問。已而，又遇見有人趕牛，牛喘氣而吐舌，丙吉大人令人詢問：是否已經趕牛行了多里路呢？

屬吏奇怪丙吉的行為，向他請教。丙吉解釋說：「有人械鬥，此乃長安令、京兆尹的職責，該由官員拘捕定罪，而我只是在年終考核時，奏行責罰已矣。作為丞相，不會親自處理瑣事，所以一般情況的我不會理。而現在春天剛到，氣候溫暖，不應太熱，但牛隻卻感暑欲喘，這是失去天時令節的規序，我因此表示關心。身為國家高官，理應典調陰陽，所以牛喘氣則要詢問清楚呀。」

馮翁評語：「人民死傷橫道，還比不上玄虛的陰陽調和重要。關心人民的生命亦比不上關心畜牲的喘氣，認真迂腐了。友人條氣不順者駁道：『誠如先生所講，漢朝人又何以會讚譽丙吉知大體呢？』我應道：『牛體不是大於人體嗎？』友人大笑。」

細觀馮翁所述的故事，愚見則認為：丙吉身為高級領導班子，須有領導人的一點風範，親身去干涉街頭械鬥，豈不是把身份降至巡警的地位？所以丙吉不去過問。

然則高級人員又做甚麼的事呢？高級也者，必講抽象層次的理論也，天時氣候失調，正是抽象中的抽象。丙吉關懷失調的氣候，正好襯托自己崇高的身份。馮翁說他迂腐，我不反對，如因不自覺保護自己的身份地位而迂腐者，世上百分之百的人皆是，值諷刺或值同情歟？

另一章講「痴」。

這篇序亦講得很是深切。馮翁序言：「顧愷之說有三絕：才絕、畫絕、痴絕。」痴不可以絕嗎？可以之至。如得到「痴」的精髓，自然界與人類則莫大受用了。這個天下，塞滿了眾生，他們都是暫時的聚合。假如件件事認真，到何時才可停止鬥爭呢？故此，是須要以「痴」的旨趣來抵禦爭鬥。然而，太過痴則會驕傲，痴得不及，則變成愚蠢，若夫妒、愛、貪、嗔這些情感，還是這些人用認真的態度對待事物，才落得的苦惱。至於以痴來作惡，則是畜牲所為了。不要自尋煩惱，亦不要不自量力，不要希望因痴而獲得好處，也要避開以痴為惡帶來的災禍。

愚見認為這段寫「痴」認真透徹動人也。件件事認真，必定引致永不滿足、永不完成，永遠在鬥爭之中。矛盾的地方就是：不認真，易滿足，速完成，不鬥爭，就不可以進步。反之又苦惱叢生。提出這一個「痴」字，就代表一種幽默趣味的心態，去超越過度認真的執迷。若以痴這種心態作為犯罪的把柄，就連畜牲也不如了，因為畜牲無知而犯惡，人類是扮痴而犯惡者也。

「痴」的心態是無憂、無慮、無慾、無求，所以世俗人見了，不可以名之，只可稱之為「痴」。世俗人不可以名之，就因為他們還未達到這個超越的境界，可以不執着，可以不留戀，可以不關心。

然而，愚見以為能明白「痴」的趣味及其無用之用，亦難於實行。果能知而行之，盡「痴」酬世者，真是一個神仙。可惜你在世上見過真正的神仙嗎？我未見也。我亦不敢盡「痴」也。

奴隸的貴族

大約在二千六百多年前，即公元前七百七十多年，中國正被周幽王搞到烏煙瘴氣時，在亞洲以西有個車水馬龍、萬二分繁盛的文明古國，名叫希臘（指古希臘）。

源自古希臘的奧林匹克運動會，有文字記載的歷史可追溯到公元前七七六年，希臘人認為那是自己的歷史年代之開始。

在古希臘文明發達的地方，野蠻制度仍然十分盛行，諸如奴隸制度。奴隸是有血有肉的人，他們因為戰敗、家貧等等不幸的原因，淪落為被人驅使的奴隸，他們一如牛馬狗貓一樣，隨便受主人驅使、販賣、侮辱、摧殘。這些情節，各位讀者大人亦會從電影電視的記敘史實中看過，覺得痛快罷！你們不可能想像奴隸的痛苦，連我在內。

在芸芸希臘奴隸之中，竟然出現了一個非常有智慧的「人」。他生於奴隸家庭，父母都是奴隸，先天注定他要捱苦，可是他天資聰慧、多才善言，博得主人喜愛，以致恢復他自由身；憑着智慧及才能，他終於成為希臘公民，過着自由的生活，然後更以他的聲譽及才能獲得皇帝垂青，成為皇帝御用的侍從。然而，他也因為說得太多，以及才藝驚人而招妒，終於……死得不明不白。有曰他在出使外邦時，在任務中不幸戰死沙場；有曰他被仇人從山崖推下深淵，總之「橫死」。

這個奴隸的故事流傳至今，無論古往今來、中外老少都樂於背誦。我個人更認為做人處事必須讀他的故事，尤其研究小寶學，更不可不讀他的著作。

這位死於非命的古希臘人，就是伊索先生（A. Esop）。

伊索先生的智慧，就完全表現在他寫的寓言裏。作為小寶學研究者，必定要多讀寓言、背誦寓言、運用寓言，才可以暢所欲言。因為人生處世，往往不可直接笨鈍地講出道理（就算有道理），倘有不平則鳴，便要利用寓言。

一則恰當的寓言充滿娛樂性，更可以巧妙地道出道理來。無論講者、聽者都容易發揮及接受。

正如古時有個講「寓言」的寓言：

「從前『道理』下降凡間，他便匆匆忙忙入宮見皇帝，但守門的將士見他衣衫不整，拒於門外，飽吃掃帚。

「『道理』便向街頭的詩人借了一件破衣再入宮，自稱道學先生，欲見皇上。可惜皇上最怕見外母及道學先生，又再遭斥拒。

「第三次，『道理』特意修飾一番，披上一件名叫『寓言』的外衣，衣冠楚楚地入宮，自稱是個講故事的人。結果皇上愛聽故事，迎為上賓，『道理』才能發揮他的抱負。」

講道理，講道學，人人嫌枯燥而抗拒。講寓言即講故事、講笑話，當然容易登堂入室，小寶們不可不熟讀寓言。

《伊索寓言》喜歡用動物做主角，當中的故事很短，懶惰的人容易記憶。而且由幼稚園至小學，不斷有老師、同學講這些故事，現在，你只需要知道甚麼時候應用罷了。

《伊索寓言》中家傳戶曉、已成日常警語的有：「狼來了」、「吃不着的葡萄是酸的」、「蝙蝠當兵」等等。這裏介紹兩則，寓言寓記甚麼，讀者諸君請自感受罷。

這兩則寓言，在日常生活中經常適用，共鳴感亦很高。

「一隻驢、一隻騾同時出發。騾子漸漸不支，所謂路遙知騾力，騾子便向同行的驢子說：『驢大哥，可不可以分擔一下我的負擔，我實在吃不消呀！』驢子仰着鼻子，答也不答，毫無半點幫忙之意。

「不久，騾子累死。趕車的人，不再徵求驢子的意見，把騾子所負的貨品，全部搬上驢子背上，再加上剝落的死騾皮。驢子悔恨較早時候沒有幫輕同行的朋友，現在悔之已晚了。」

你的工作崗位有上述故事相同的情況嗎？

另一則：

「獅子、狐狸、驢子三獸合夥共同找食物，果然成績優異，獲得很多食物。作為大哥的獅子，請三弟驢子分紅。驢子把食物平均分成三份，並謙虛地請獅子大哥、狐狸二哥先取。獅子大哥藉故不滿，把驢子吃掉，又請狐狸二弟分紅。狐狸把食物分成大一份、小一份，自己佔小的一份，奉上大的一份給獅子。獅子笑問狐狸，何以你會這樣分配？狐狸答道：『我見了驢子的命運，就立刻從這裏學得來了。』獅子便收狐狸為徒。」這段故事教訓我們：

一、寓言一定要讀，一定要背，一定要在適當時引用。

二、講述寓言需要技巧，試找出寓言的內容，如何包裝，把它講好。

三、對「君主」一定不可直接道其非、也不能直接道其是，批評是是非非，用個寓言如何？

小寶的敵人

有一位很勢利的著名商人，請一位畫家到飯館吃飯。

等待上菜的時候，畫家技癢，就依着坐在旁邊的飯館女主人面貌畫起速寫畫來。不一會兒，速寫畫家好了，畫家遞給商人看，果然不錯，形神俱備，商人看了連聲稱讚：「太棒了！太棒了！」

聽到商人誇獎，畫家面對着他，開始在紙上勾勾畫畫起來，不停向他伸出大拇指。商人看了這架勢，知道這回是給他畫了，就速速擺好姿勢，堅持着一動不動的。

畫家一會在紙上勾畫，一會又向商人豎起大拇指。過了一會兒，「好了，畫好了！」畫家說道。商人鬆了口氣，急不及待要看畫。一看大吃一驚，畫家畫的根本不是他，而是畫家自己的左手大拇指！商人有點兒惱怒地說：「我特意擺好姿勢，你……卻捉弄人！」

畫家笑着道：「聽說閣下做生意很精明，故意給這個題目考驗你。怎麼看我第一次畫了別人，便假定第二次畫你呢？我們藝術家絕不重複！」

勢利的人，從來不相信上一次的合作夥伴，哪怕雙方上一次合作十分愉快。合作的時候，他們會熱情款待，顯得隆重和友好，一旦離開餐桌，進入談判，休想佔他們半分便宜，生意做完了，人情也就結束了。所謂「人走茶涼」。

勢利的人深知：「人情」只是在於人的潛意識層面，漫不經心就忽略了，直到因情失利，方才醒過來。

因此，每一宗生意，看作獨立的一次，每次的商務夥伴，也看作是第一次接觸，從不記舊日交情。做到「每次都是初交」，並精於利用對方「第二次」的「舊情」佔盡便宜。

小寶意見：「勢利」兩字實在太多教訓了！

汲汲為利的人不講人情、不相信人情，因而心中根本沒有「五倫」關

係，最後的倫理關係只在於「金錢」能維繫到的。遇到這些所謂「人」，小寶們，不必視之為朋友，不必視之為兄弟，他們基本上沒有朋友、兄弟，亦沒有君臣、父子，恐怕只餘夫婦一倫矣。如果信仰一神教，或有「神——人」一倫吧！這些人不可親近，不可深交，只可以應酬；當他求你時，該拒絕，不必討價還價；有事不宜相求、交易，老死不必往來。

小寶交友，杜絕勢利之人，小寶神功不必向此等人施。

如果再來一次龜兔競賽……

伊索先生的寓言故事，可算是人類文明的一大標誌。

我經常奇怪，為甚麼中學、大學課程裏，沒有設立研究《伊索寓言》的課程？又中國文學、外國文學的研究，為甚麼沒有人研究寓言這種體裁的創作？（可能有的，可能我孤陋寡聞，真希望我孤陋寡聞也！）

而《伊索寓言》只出現在未成年、未識字、未有甚麼具體思想的幼稚園課程裏：我猜，訂立《伊索寓言》在幼稚園課程的大人們，一定以為《伊索寓言》淺顯，富生動性，富教育性，故此極為適合三至五歲小孩閱讀。

鄙人愚見則認為：凡寓言都應該以極淺顯的文字、極生動的描寫去講出一些極難明白的哲理。不要單看寓言表面的淺顯性，而認為三至五歲小孩能吸收、分析、了解它內在的哲學性或智慧。就算一個經歷多年普通常

識教育的中學生，或甚至大學生，很多時候，亦未必能完全消化寓言中的含意和哲理的。

我膽敢講一句，講解寓言給小朋友聽的老師們亦未必對所教的寓言有獨特的批判、有創見的分析。

請各位讀者大人原諒我的「豪語」。我之這樣「大膽」，亦實在發自內心。

你們聽過「龜兔競賽」這個寓言罷，這個寓言，就是出於《伊索寓言》的。我尚記得，第一次聽這個寓言時，是幼稚園中級。當時的老師是位年輕的姑娘，教育程度不甚清楚，她講完故事之後，還加上一句：「這個故事教訓我們：不要懶惰，不要自滿。」

及後，收聽電台廣播，亦重複收聽了這個故事，亦重複接受詮釋者的見解——不要自滿。

再及後，大約前幾天，我在電視的兒童節目卡通片中，再看到這個膾炙人口的寓言，再聽到主持人勸勉小朋友不要學兔子般自滿。我突然有了頗大的感觸！

伊索先生創作這個寓言，只有上述的一個含意嗎？當我再看到這個寓言的時候，我的腦海中產生不同的詮釋：

一、兔子為甚麼要和龜仔比賽競跑呢？

二、兔子大可一口氣走到終點，然後安枕無憂地大睡特睡，龜子爬到的時候，牠已穩操勝券了。

三、龜子為甚麼願意與超級跑家競跑呢？是牠明知不可為而為，表示自己參賽的體育精神？還是牠認為兔子輕敵、自滿、必招敗績呢？

我猜這些問題，伊索先生亦沒有想過，伊索先生只是一心一意給予比喻：自滿者必敗。**可是以現代人的思考和心態去設想，自滿者，即有真正實力者（有實力才有資格自滿），決不會與實力相差太遠的對手比賽。**你試想想：兔子在競賽中勝了龜子，算甚麼新聞？有甚麼價值？沒有價值的競賽，誰願意參加？

假定兔子迫於無奈，或迫於形勢，一定要和龜仔競賽，亦不會中途睡覺，失去應勝不勝的機會。假定當日果然有這樣的兔子，我敢肯定說一句，牠必定是嚴重白痴的兔子。嚴重白痴的行為，稍為正常的人決不會仿傚的。

龜仔又何解會參加競賽呢？

一、可能這隻也是極端白痴的小龜。（這樣殘廢的角色，我們應同情之。）

二、可能是隻賭徒性格頗重的小龜，希望偶一爆冷，便可一舉成名！

三、可能是隻陰險小龜，早在競賽之前，在兔子食物中下了手腳（多是蒙汗藥之類）。如非上述三個可能，沒有一隻正常的小龜會自願與小兔競跑的。

日前看書，看到林語堂先生經典名著之十六集，名為《金聖歎之生理學》，其中一篇文章亦對《伊索寓言》有不同見解。

這篇名叫〈增訂伊索寓言〉的文章中，林先生道：「……只說我小學時讀伊索『龜兔賽跑』被龜贏的故事，極為兔抱不平。且深恨龜……」於是林先生增訂龜兔賽跑的故事，說當兔子睡了的時候，夢中遇了一隻松鼠，兔子認為是怪物，要追上去看個究竟。松鼠見牠追來，便開步跑。結果兔子莫名其妙地跑到終點，贏了這場賽事！結尾，林先生還加上三個啟示：

一、凡事須求性情所近，始有成就。

二、世上愚人，類皆有恆心。

三、做烏龜的不應同兔賽跑。

看官們，林先生所言三點皆極有新意，足令我們思想成熟的讀者慎思，尤其第二點焉！

現代的寓言

曾介紹很多寓言故事，全部都是古人所作的。現代人講的寓言，亦應該採摘一些罷！

有一個寓言取材於蔡瀾先生的散文集，大作名為《蔡瀾的緣》。其一百七十九頁載有一篇〈立陶宛的女人〉。

這是一個很浪漫的短篇小說。主人翁拉蘿爾在極為偶然的場合遇上了他認為是「畢生理想的女人。面孔漂亮而帶智慧，腰細，腿長，很長的黑髮」。男主角被描寫成「差點像被雷電轟中」。

這個女人來自蘇聯立陶宛，兩人一搭而上，由淺至深，談個暢快。原來這女子是個逃婚的婦人，希望脫離丈夫云云……最後一句，立陶宛女人道：「……今晚，請你做我的第一個客人，和我睡覺。」男主角倒不會錯過這個機會，兩人走入旅館。可是四周圍的人立即投以類似譴責淫婦的目光，使到立陶宛女人「崩潰」。男主角極其瀟灑，願意就此了事，而女子卻對他說：「……你要知道，我喜歡你，我自己也有這種需要，我和你上牀並沒有罪惡感，但是這小鎮的人為甚麼要把它弄得那麼骯髒？我想……我受不了他們的眼光，我應該怎麼辦？……」

結果，為了那個女子仍然要在這小鎮生存下去，仍然要受該鎮的人尊重，男主角「犧牲」了自己。他把立陶宛的女人拉入樹林，號稱強姦，實在相好了事。

這個故事當然是一個絕好的現代寓言。

大家可從很多個觀點與角度去看這件事：

一、很多時，為了世俗的需要、輿論的壓力，一件平凡事反而不可以正正當當的去做。要完成這件事，反用非常規方法，其情甚可憐，其理亦甚可悲。或者曰：「和世俗對抗，和傳統作對，敢於挑戰壓力，才是革命的英雄豪傑。」答曰：「敢於反叛，誠然是一種勇氣、信心、毅力的表現；

能夠變通而達至目標，何嘗不是一種靈活的處理方法呢？亦能表現出信心及機智也。」

二、焦點不集中在結局的變化，而在遇上「理想」的問題上。甚麼叫做「理想」？愚見認為「理想」是有時空的限制的。年輕時的「理想」和年長時的「理想」會截然不同；身在香港，與身在美加亦會不同。今天認識範圍，與昨天認識範圍不同，理想亦各異。故此，只講「理想」而不講理想的條件是不圓滿的。立陶宛的女人是男主角那個晚上在法國鄉下流浪中的理想女人。他甘之如飴，就因為「只此一次」。如果這個立陶宛女人嫁與他為夫人，則這段故事必失去浪漫性，亦失去其延續的理想性。在下觀世以來，不知見盡多少心懷「理想」的志士，卻未見能達至「理想」的幸運兒。有以滿口「理想」作為裝飾身份地位者；有不自量力、好高鶩遠自尋煩惱者；有永不知足、營營役役追求無止境者。人類貴乎是有理想的動物，亦賤乎役於理想之動物也。男主角得着理想否？見仁見智矣！

第二個要介紹的是大作家倪匡先生的科幻小說。愚見以為「科幻小說」

的特點，就是借科學的幻想成就現代人的一種啟示。

科幻小說正如其他小說一樣，要有一個主題。主題鮮明透徹，能夠使讀者感受埋藏在內文的意義。作者不必滔滔幾十萬字只講述分析一個意思，利用故事中的主角、情節以及主角的感受、反應，就可使人全盤領略矣。

倪匡先生正是此中高手。其科幻小說，每部都強烈地含有豐富的哲學思想。

不才欣賞之餘，亦不可以每本抄錄、詳細解釋，只找來《靈椅》一書，簡單舉例而已。

書中主角原振俠和漢烈米（醉心於權力的學者）的對話：

原：「在以前，中國的帝皇君主，自稱天子，說是受命於天，天是通過他來統治人類的。」

漢：「這……只不過是一種假托，難道真的有一種力量，使得一個人可以統治人類？」

原：「可是在人類的歷史上，不是有着數不完的千千萬萬人受一個人統治的例子嗎？這個人，何以能成為至高無上、權力集中的君主？實實在在，君主和普通人一樣，只不過是一個人！

漢：「權力的寶座，一個人在權力的寶座上，就能夠為所欲為！驅使億萬人去服從他！」

原：「可是歷史上所有的君主之中，有多少人能稱心遂意的？……權力擴張的野心是無限的，我相信所有君主的痛苦，和普通人是一樣的，不能滿足！」

（別以為做了君主，就一定十分快樂！）

各位，這段對話的意思淺白易明，卻非是膚淺的思考所能表達的（認真嗒落回味無窮）。這都是寓言的寶庫，閣下願意發掘，肯定有更多珍貴的思想可在倪匡科幻小說中尋到呢！

勿招猜忌

話說漢朝初年，劉邦與項羽爭霸，手下一班追隨者都出身自三山五嶽，無個善類，最醒目而又忠心的一位乃係丞相蕭何。

滎陽之戰，劉邦項羽打得頭崩額裂，漢王居然還有閒心派使者回長安慰問蕭何。蕭何的參謀老鮑提出警告：「丞相呀丞相，漢王在前線打到頭披髻散，屙尿都唔得閒，仍不斷派人慰問你，大有問題呀！為你自己打算，趕快派你的子弟兵上前線作戰，漢王才不會懷疑你的！」蕭何醒扒，依計而行，劉邦果然大悅。

八年之後，陳豨作反，高祖御駕親征，打得落花流水之際，韓信又想謀反。好在劉邦隻老虎乸呂后夠薑，用蕭何之計誘殺韓信。劉邦知道，馬上加官進爵，厚賜蕭何。

大家都來恭賀蕭何時，農夫召平竟前來勸諫：「相國大人，皇帝沙場血戰，條命雪水咁凍，你坐在衙門中升官發財，皇上會怎樣想呢？他老人家恐怕你享福之餘，也來一記作反的呀，趕快辭掉食邑，獻出家財為軍費，保存條命先吧！」蕭何真高人一等，照做如儀，高祖滿懷高興。

又過一年，英布又作反，高祖又御駕親征。多次派人回來問蕭何此時做甚麼？蕭何的謀臣認為大難臨頭了。蕭何位極群臣，又得關中民心，皇帝最怕臣子得民心然後謀反，故此經常詢問蕭何正在做甚麼？

蕭何問謀臣：「如今怎好？」「免致皇帝猜忌，相國宜做些不名譽的事來，如欠人民賬不付，亂置土地。總之亂來皇帝才放心！」蕭何不認為這是怪論，他捉到劉邦皇帝的心理——不要功高蓋主，故馬上亂來一通。高祖知道，心頭大石放下，飲得杯落矣。

看官留意：老闆上司有如皇帝的心理，畏懼屬下作反的。當他們不斷慰問時，問題便來了。為了保飯碗，宜謙虛地謹慎工作。老闆上司一律喜歡低調的夥計，打工仔牙屎擦擦，也文也武，搶盡老闆上司風頭者，工作能力多高，總有被「誅」一日也。

蕭何自毀清譽以保其身，好像誇張一點，今日不必效法。**然而明裏暗裏，夥計下屬都要小心被上司猜忌，被老闆懷疑。釋疑之法，除了光明正大之外，還要留意老闆上司的小動作、潛台詞，可能句句有骨，醒目之人最宜研究研究的呀！**

避免瓜李之嫌

「辦公室政治」要了解對方心理，才能好好調兵遣將。咱們打工仔，「對方」即是老闆者也。老闆也是人，並非神仙，有人的本性。

《列子》有一個故事：有位麻甩佬丟失一把斧頭，懷疑鄰家的兒子偷去。麻甩佬注意他的動靜。唷！對喇，小伙子走路的姿勢，鬼鬼祟祟的表情，閃閃縮縮的言詞，蛇頭鼠眼的態度，十足就是偷斧頭的小賊。但過了不久，麻甩佬找回失去的斧頭，再見到那小伙子時，居然一切動靜、走路的姿勢、表情、言語，態度，一點都不像偷斧頭的小賊！

看官注意：閣下或許有這個麻甩佬的經驗。失物多懷疑，人之常情焉。老闆們更多此種經驗者也。舖頭之內，事無大小，物無貴賤都是屬於他的，擔心被夥計「偷」的東西實在太多太多了。

多告病假嗎，老闆思疑夥計偷懶「呑泡」；多報應酬費啦，會懷疑舞弊貪污、以公司利益做私人事務。總之，任何值得懷疑的事，都心大心細的懷疑一大輪。唉，閣下覺得這會太累嗎？咱們當夥計的，覺得老闆多鬼餘；老闆反而覺得是本份之事，鬼叫當老闆咩？一定要睇實夥計者。

打工仔宜以至誠對待老闆，永遠避免瓜田李下之嫌，避免老闆懷疑之心。身為老闆界如何減少疑人之心？無絕招，唯有「疑人勿用，用人勿疑」矣。

《韓非子》中另有一個故事：宋國一位富翁的家牆被雨水沖破。他的乖仔警告說：「不修理好，便惹賊子來的。」富翁的鄰居伯爺公亦發出同樣的警告。那天晚上，果然賊人乘虛而入，偷走很多貴重東西。

事後，富翁覺得自己的兒子有先見之明，聰明絕頂；而鄰居的伯爺公，哼！他一定是奸細，通知賊人入屋的，是奸細焉。

看官呀看官，老闆審度事情的心理就似足那位富翁呀！**人性是偏私的，是有偏見的。你我都不可能沒有偏見。夥計不必介意老闆對閣下偏見，愈**

有偏見，做夥計的就應該愈加表現自己的清白，使老間明白他的偏見是錯的。

自怨自艾會令到偏見加深，無藥可救。當老闆者，最緊要知道自己有偏見。知道就可以客觀。縱容偏見必定會引致眾叛親離。不可不小心。

發掘別人優點

用人之術：認識別人的優點，多利用他的長處。毫無台型的老闆上司，只識監躉式管治，下屬上班如落地獄，下班如上天堂，工作怎會做得好？

常言道：「夾心階層最吃力。」上有壓力、下有反動力，夾心層上下為難，夾得死去活來！

夾心層要幹得舒服，步步高陞，先要把小寶神功練得駕輕就熟。須學好怎樣對待屬下的神功，以及掌握怎樣對待上司的神功。對待屬下，辦公室政治中講究如何用人之術。

讓老夫先講萬世師表孔夫子一個故事。

話說孔夫子周遊列國時，一次馬兒甩轡，踩踏了農夫的莊稼。老農媽媽聲拉着孔夫子的坐騎不放，話之你係老屎窟，先賠老子的損失再說！

子貢自命外交口才頂瓜瓜，自薦說情。看他之乎者也說了半天，打躬作揖「沙冧」見禮無不做足，農夫當佢臭老九，總之不肯放過。

孔子喟然而嘆：「用別人不能理解的話去說服人，好比用高級的三牲祭祀野獸，又好比用美妙的音樂取悅雀鳥！」於是派馬伕代替子貢去講數。馬伕上場，兩句江湖口吻，搭一句唔好意思，稍賠款若干，農夫立刻明白，連忙放行。

孔夫子乃知道用人的道理也。講數呢一科，子貢做不來的。說仁義道德、恕謙忠孝，農夫當佢放屁！反而馬伕與農夫有溝通的語言，說話好講得多了。

用人的奧秘在此。設計的人負責搞腦汁諗計仔；實務的人負責着實執行工作。假若派公關的人才去收數，常常舊賬也一筆勾銷；派創作的人才去管數，必定搞到倒瀉籮蟹，亂七八糟，烏煙瘴氣。

看似百無一用的人，只要忠誠可靠，必定有其長處，只是上司未曾發掘而已。「天生我才必有用」，為人老闆上司者，對不中用的人請勿苛責。

反之，先捫心自問：「曾否發掘到此人的優點呢？」

劉小寶一世夠運，曾做千人以上的上司，但不學無術，唔知工商管理係乜，只有一度板斧焉。劉小寶的板斧乃是「使到屬下高興」。令下屬覺得上班是種樂趣，工作不會覺得悶死，大家高高興興地工作，必有高的效率。

最痛恨狗頭軍師的「監躉管理術」，視屬下為犯人，分分鐘派「獄卒」心態的組長吼到實：樣樣依足規矩，動輒得咎。屬下奴性厚的，敢怒不敢言，一味按章工作；屬下有志氣的，騎牛搵馬，早具離心。試問工作哪會做得好的呢？

老闆上司先帶眼識人，認定各人長處，信任夥計下屬，不時鼓勵，賞罰分明，下屬不死心塌地盡忠就認真契弟矣。橫財易得，明主難求，千里馬逢伯樂，點只僥幸咁簡單？

識用人才

請勿誤會老夫替本家祖宗劉邦賣廣告，今回說的一段古仔，乃表揚劉邦對下屬的一場政治手段。

自從趕絕楚霸王之後，劉邦獨得天下，興高采烈大宴群臣。飲得幾杯，劉邦露出萬二分誠懇的態度向各位功臣說：「各卿家，千祈唔好隱瞞，老老實實話畀孤王聽，我得天下係乜原因？項羽失天下又為乜原因？」

大臣王陵以為機警連忙回奏：「陛下平常待人傲慢無禮，動輒發怒，然賞罰分明，量才授取。項羽哩，表面裝成仁慈恭敬，內底是剛愎自用（自以為是，從來不聽別人勸諫），而且猜疑功臣，永遠不會賞賜部下。陛下成功，項羽失敗，便在此分別了！」

劉邦聽罷，臉上並沒有贊同之色。王陵這番話，說奉承可以，說真心也可以，算起來，小寶神功的段數頗高的。

為甚麼劉邦不表同意呢？原來他發出此問，志在引發要說的主題。王陵並非他老人家肚裏條蟲，「烏蛇蛇」怎答得對哉！

劉邦搖搖頭，似笑非笑的道：「卿家未知底蘊呀！講到運籌帷幄，決勝於千里之外，孤王不及張良。」各大臣唯有點頭。「講到穩定大本營，安撫老百姓，辦好一切支援軍需品，管理好總務，孤王不及蕭何。」大臣依然點頭，心中開始奇怪。「講到率領大軍，衝鋒陷陣，勇戰沙場，孤王又不及韓信。」大臣都奇怪，劉邦為甚麼把功勞全推到屬下身上呢？至大功勞應是他本人才對唷！

劉邦龍眼光芒四射，懾定屬下的心神，然後慢條斯理說：「孤王能悉心委用他們三位天下奇才所以能得天下；項老羽嘛，得一位范增尚不能重用，沒有人才扶助，難怪他要在烏江飲劍，不懂利用人才故此失敗囉，呵呵！」

各大臣聽完演講方才明白主公的心意。原來老劉借故大力讚揚張良、蕭何、韓信三位居功至大的功臣。張、蕭、韓三人聽到，暈浪暈得一陣陣。夥計最滿足的時刻，乃係老闆上司公開稱讚（私下稱讚也使人喜極而泣者）。老闆上司不可吝嗇稱讚夥計屬下，中肯而真心的讚美「慘」過加薪、重於賞物。夥計弱小心靈忖道：「咁辛苦工作，卒之得蒙欣賞，條氣順晒，工作起來『冧』了許多！」

在員工加班拚命搏殺期，上司時加慰問，可拉近距離、鼓舞士氣；事情成功了，犒賞三軍，可刺激士氣；即使失敗，一面檢討，一面改良，也不妨鼓勵幾句，稱美滿聲，如此老闆上司必得到屬下愛護支持，戰無不勝者也矣！天下只有讚「死」人，並無罵「死」人之事頭者，不可不信焉。

賞罰分明

吳王闔閭對於孫武的軍事見解很是欣賞，王爺一時口痕就問孫子：「賢卿，你的理論偉大矣，可不可以實行呢？」「當然可以囉。」「不如就利用孤王身邊一對妃嬪和眾宮女為將士，卿家演習一次你的理論罷！」吳王説話的時候，眼睛望着左右兩位嬌美的妃嬪，好像要為她們搞搞新意思。

孫武見開着他所長，嚴肅領命，馬上把御前一班女人組織成一隊娘子軍。眾嬌娃穿上戎裝、手執武器，覺得甚是好玩，嘻嘻哈哈的你逗我、我逗你，儼如後宮開化裝舞會。對於主帥孫武，哈，糟老頭子只是個小丑，是托吳王大腳的陪玩官僚耳。

孫武一本正經，面上泛起嚴肅的神色，用極嚴厲的語氣下軍令教導妃嬪們列隊操練。這邊廂，為首的兩位妃嬪，也是最得吳王寵愛的女人，玩得開心極了，她們以為吳王為她們搞這個場合，旨在玩殘食古不化的孫子。孫子三令五申，妃嬪依然阿聾送殯——吾（唔）聽支死人笛也。

眾女人見孫武木口木面，便變本加厲，操場上一片鶯聲啼笑，不似軍形。孫武見狀，一聲大喝：「部署明確、解釋透徹，軍人仍然未能服從，隊長應依軍法處置，來人拿下二妃立斬！」刀斧手是他親信，馬上捉雞般捉着二妃，一刀一個，美人頭應聲墮地。台上吳王還未看清楚，求情也來不及，心痛之極了，台下班娘子軍，發夢也想不到話殺便殺，驚到發呆，登時全場靜過天堂、驚過地獄。孫武趁着軍威，再擊鼓操練，娘子軍軟手軟腳都變成硬橋硬馬，嘻哈歡笑變作規行矩步，軍容整齊，虎虎生威。吳王痛失愛妃，一臉不捨之情，但是鬼叫開口求將，唯有衰衰咁拜孫武為司令了。

這個歷史故事有何啟示呢？各位看官請留意：主管的人，必須認識賞罰的方法和四大原則。

原則一：懲罰要迅速執行，賞勵要及時勿遲。事過境遷，該罰的人犯了甚麼大罪，人人都已淡忘，罰了也產生不到懲奸的意義；同樣，過期的獎賞，也使到受賞的人、旁觀的人失去振奮作用。第一時間的賞罰能夠產生大快人心、激勵士氣的作用。

原則二：賞罰要分明。一般事糊塗都不會惹人非議，賞罰糊塗，應罰的反而嘉賞，唉，大失軍心，反挫士氣也矣。

原則三：賞罰要開誠佈公，千祈唔好鬼鬼祟祟，驚死多個人知道。現在世界時興透明度，公正嚴明的主管，切勿船頭驚鬼、船尾驚賊，必須旗幟鮮明，表現出大將大方大體的公正性格。

原則四是最重要的一項原則：兵法中所言：「誅大賞小」也。「誅大」者乃係「打老虎不打烏蠅」，無論犯事的人地位身份怎樣高級特殊，法律之前人人平等，應受的懲罰不只不減，反而增加。最緊要揚開去添！「賞小」者乃係專賞地位低微、不見經傳的小人物，他們有功，馬上大事表揚，視為模範。

老闆上司能夠依照賞罰四大原則「領兵」，事必得到屬下的擁護，下面的人，沒有不仰望上頭公正嚴明、賞罰分明的。古靈精怪、沙哩弄銃的小人、奸人自然銷聲匿跡。辦公室變成安樂窩，並非是非圈鬥獸場矣。

提防中招

聖經說：「不要試探你的上帝！」卻沒有說過：「不要試探你的老闆上司，不要試探你的下屬！」

下屬試探上司容後談論，先揭穿上司試深下屬的幾款招式。咱們都是打工仔，經常遇到上司試探，知己知彼，不可不知呀！

早於二千多年前，這些招數已記載於《韓非子》這本書裏。

第一招，古時的名稱叫「倒言」，現在的名稱可叫做「陽謀」。

話說燕國宰相子之，與屬下閒談中，忽然眼睛一亮；指着門外說：「剛才有一匹白馬在門口跑過，你們看見嗎？」屬下摸不着頭腦，明明門外沒有白馬經過，難道宰相大人眼花？各人都不敢直言，也沒有人反駁。其中一名自以為聰明的臣子，跑到門外，很興奮的跑回來：「是呀！確實有一匹白馬跑過，主公你真眼利！」子之聽了，不便揭破。他以「陽謀的圈套」，測試到哪一位屬下誠實，哪一位屬下虛偽。

夥計下屬必須經常警覺老闆上司的「陽謀測驗」，應以誠實忠心的原則來對付他們。精明的老闆上司久不久便來此招考驗大家的呀。

第二招，古時名稱叫「挾智」，現在的名稱叫做「詐懵」。

話說韓昭侯一天故意剪下一片指甲，暗中收藏，然後緊張地命令屬下要找尋這片指甲。理由是他迷信丟失剪下來的指甲是不吉利的。屬下把整個宮殿翻轉了，也不能找出這片指甲，一名自以為聰明的屬下，靜靜地割下自己的指甲獻上交差。韓昭侯見了，心中便知那一位臣子不忠不實了。

老闆上司「詐懵」，常常以清楚知道的事情、已有結論的事情詢問屬下，從中觀察是否關心工作，忠誠坦白。千萬不可以胡亂交差，亂做文章。「知之為知之」，「不知為不知」。老闆上司對胡吹亂蓋的人深恨痛絕，比之懵然不知的人更是討厭，夥計屬下不可不察也。

第三招，古時名稱叫「一聽」，現代的名稱叫「個別測試」。

話說齊宣王喜歡聽樂隊合奏，南郭先生自稱吹竽能手，也混在隊伍中蒙混多年，湣王繼位，卻喜獨奏，南郭先生馬上走頭，因他根本不懂吹竽，濫竽充數而已。

老闆上司常常會在群體的會議上，聽取眾人的意見，然後再獨立召見個別屬下，聽取他個人的意見。屬下在群體會議上，以及在個人單對單的談話中，應該統一見解，樂於發表。只是做附和的人，或見風駛舵的人，一到單獨召見策問的時候，無主見的尾巴立刻暴露無遺了。

第四招，古時叫「反察」，現代叫「研究動機」。

韓昭侯出浴時，發現浴缸中有小石子，小石子刺痛他尊貴的屁股。他馬上詢問：「負責侍浴的官員一旦免職，繼位的人早定了嗎？」「定了」。「馬上傳來」。韓王對繼位的人咆哮：「為甚麼要在我的浴盆中放沙石？」繼位的浴官詭計被識穿，只好認罪。

老闆上司多從利害得失上看夥計下屬的作為動機，急於升遷、急於得

利的下屬，最易被人發覺鬼心，欲速則不達，陰謀易惹禍，切勿低估老闆上司的智慧呀。

方便與饒人

記得小學六年級的暑假，悶得發慌。小學不能畢業，又未能參加最後一屆小學會考，前路茫茫，小心靈滿是師長指摘的傷痕、親戚朋友的白眼。唯有借本小說，胡亂翻翻，以消悶氣。

誰不知這本寶書的一句話，啟示了人生「遊戲」的方法，成為幾十年來經常引用的座右銘。這本書是中國古典名著——吳承恩的《西遊記》。那一句座右銘出於第八十一回。

話說唐僧師徒攜着妖精化身的可憐女子借宿於鎮海禪林寺。唐僧突然病了，孫悟空跑到香積廚為師取水，知道寺內有妖精，每天吃掉兩人。悟空準備捉妖除害，唐僧扯住他勸道：「徒弟，常言說得好：『遇方便時行方便，得饒人處且饒人。操心怎似存心好，爭氣何如忍氣高！』」

各位看官，勿以為上述四句「常言」容易辦到，缺乏修養功夫，每每做不來的。舉一個例子，守秩序的駕車人士最討厭別人「打尖」，見到鄰旁司機夾硬「打尖」時，便會第一時間以車阻車，攝了空位，不讓「打尖」的車「入位」。這是香港司機的「本能反應」。然而，細心一想，他可能事有所急，迫得不守秩序哩。「遇方便時，行個方便」，何損之有呢？

很多場合，存有「遇方便行方便」的念頭，可能被爭先恐後、「執輸行頭慘過敗家」的人嘲笑。當覺得「予人方便即自己方便」，因而感到安樂，方可儲蓄他日處處方便的因緣。

「得饒人處且饒人」亦非易事。講求利害為第一前提的社會，饒不饒人只看有沒有利害。往往易於寬恕給予利益的人，而向沒有利用價值的人報仇雪恨。

小寶神功的最高境界，是「無緣無故」地使老闆上司、夥計下屬都喜歡你，願意和你做朋友，快樂和諧地一起工作（或娛樂）。要是永遠不給人家方便，又永遠不原諒別人，經常埋怨別人，善於有仇必報，老闆上司、夥計下屬如何甘心情願成為你的朋友，與你共事？更遑論有福同享，有難同當呢？

存一個好心，即是存一個樂觀，甚至達觀的心理，凡事先向好處看、大處看。操心即是陰謀懷疑論的信仰者，凡事先向壞處看、小處看。功利社會，是非海內、口舌場中，莫信直中直，須防人不仁，惟是只計較壞處，做人做事便趨向消極。船頭驚鬼，船尾驚賊；朋友驚他是黃皮樹了哥——唔熟唔食；敵人更驚他是千手哪吒，防不勝防。如此「操心」，何來自在？又何來朋友，何來和諧的呢？

至於「爭氣何如忍氣高」道理至明顯。只是很多人道氣難忍而已。人不可能沒有「氣」，「頂氣、谷氣」之事無時無之，常情而已。小寶神功練就的本領是化氣的方法。視「頂氣」是常情，一如吃飯拉屎，天天如是，化氣方法之一。行方便，易饒人，存好心，也是上佳化氣方法。

不爭俗氣

「人爭一口氣，佛爭一炷香。」佛爺可曾願意爭一炷香呢？無從稽考。修煉成佛，心平氣和，多一炷香、少一炷香其實沒有關係。有人崇拜則靈，無人崇拜，仙佛就不靈驗？如此何必苦心成佛呢？

凡人卻積極爭一口氣的。

一口氣來時，頂塞心頭。終日情緒不安，嚥不下，吐不出，化解不了，可能化成一粒曠世巨鑽，活生生卡在脖子上，吐血而亡。

享受美麗而活潑的人生，請先設法替自己「化」了一口氣。

南齊高人沈麟士上街，鄰人跑來指着老人家的鞋說：「這是我的鞋子呀。」沈氏看看他，很悠閒的說：「是先生的嗎？」隨即脫了鞋子，雙手奉上，樂得做其赤腳大仙。不久，鄰人捧着他的鞋回來道歉，沈氏只輕輕的一句：「不是先生的嗎？」又把鞋子重新穿上。

實在太可愛極了。沈麟士有廣闊胸襟，有豁達人生觀，養成與人不爭的可愛性格。可愛處是他對於被「屈」的言行，完全處之泰然。天下還拗得過這一個「理」字嗎？於心無愧，閣下有信心真相終有一日水落石出的嗎？水落石出之日，理直氣壯，能有容人之量，一笑置之的心情嗎？

與世無爭，並不代表消極不理，只是不屑在蠅頭小利、虛名俗譽中打崩頭、嘶破聲而已，要動氣動力的，都在大是大非的事情上，不在俗世爭執。氣順命長，處處歡樂，人生便覺美妙了。

韓非先生座下敬稟者

尊敬的韓非先生：

後學向您老人家致最崇高的敬禮和懇切的問候。並請老人家原諒我一再抄錄大作。實在也很難怪，自從一次偶然機會在某書店翻了一翻老人家大作之後，就有一種超磁性的力量，強烈的吸引了我，使我死追不捨。走遍大陸、台灣、香港各地，搜集您的大作，不論是古文的、白話文的、原文的、註解的、精簡的、集釋的，務求能更加親切了解您的見解。

後學實在非常愚昧，亦異常懶惰，並非研究老人家學說的學生，只不過希望透過學習您的寓言故事，印證現代的社會狀態。當發表慾高漲之際，提筆亂畫幾行遊戲文章，或者三五知己，大吹其牛，胡說幾句鐘頭八道。您引的故事寓言精簡而富趣味、啟示性特高，這裏，後學又引兩則，以娛我的讀者。叨光之處，萬分感謝！

故事一

有一位美女叫鄭袖的，是楚王愛幸的寵姬。為了保存她在楚王心中的地位，不惜做出奸詐的勾當。

有一位美女要親近楚王，她首先私下召見，很關心地教導曰：「大王最喜歡美人掩嘴的動作，當你接近他的時候，記着必要掩嘴。」美女見鄭美人誠懇殷切的教路，當然不虞有詐，當走近楚王時，就連忙作掩嘴之狀。

楚王甚是奇怪，問起原因。好一個鄭袖女士，乘機陷害曰：「她是嫌大王身上臭的噢！」

又有一次，楚王、鄭女士和那一位美人共坐。鄭袖早已告訴左右：「如果大王有甚麼吩咐，應馬上執行。」那位「純情」的美女見到楚王，馬上依照鄭女士所教，又掩其美嘴。楚王見了，勃然怒曰：「割去她的鼻子！」

美人還不知指自己之際，左右已當場把她可憐的鼻子生割了。

這位美人是世間極可憐的人物，她終身缺陷之後，發夢也夢不到是給鄭袖女士陷害的。她可能怨恨楚王，懷疑楚王是個虐待狂，是個瘋子。然而在她心中主兇鄭袖仍然是位愛護她的朋友！

這位楚王是世間最平凡的掌權人。他偏信一面之詞，沒有細心思考每件事的前因後果，亦沒有防範下屬和姬妾的詭計，猶如被狐狸利用的老虎一樣，被最得寵最親切的人利用了。凡掌權力的，當記取這個故事。權力是很容易被偷竊的，掌權的人，比掌錢的人更要小心防範，這些竊權大盜，位位都具狀元才的！

這位鄭袖女士，是世間普通級奸詐之徒。她的詭計之所以能得逞，全憑所騙者是一位衝動、庸碌的楚王。雖然如此，一如鄭袖女士級數的陰謀者，仍然普遍存在於每一個角落。外表裝飾得仁義慈祥，而實在是披起羊皮的老虎，無論閣下是老闆、是夥計，一有利益上的衝突，就要緊記千萬個陷阱如星羅棋佈，很多對手、下屬等着閣下中伏慘死的。

故事二

這是古代男同性戀的故事。大家可記得「斷袖分桃」這句成語嗎？這句成語是文雅的稱呼「契兄弟」者。原出於兩個典故。「斷袖」出於漢孝哀帝劉欣寵董賢的故事：不願晨早推醒董賢，劉欣把他枕着的衣袖割斷。「分桃」就是出於衛靈公寵彌子瑕的故事。這故事亦記載於《韓非子》。

話說靈公寵幸彌子瑕。衛國的法律規定，偷駕國君車者，要受斷足之刑。彌子瑕的媽媽有病，他不顧一切，偷駕靈公御車送母就醫。靈公聽見，大讚曰：「他真是孝子，為了母親，竟明知故犯，甘冒斷足之刑！」

又一日，彌子瑕和靈公遊果園，食桃而甘，分一半給靈公。靈公更讚嘆曰：「他真是愛我呀，忘記吃過的桃留有口腔的味道，竟與我分吃！」

（此分桃之出處也！）

後來，彌子瑕失寵，並且開罪了靈公，靈公就帶着譴責的語氣說：「彌子瑕膽敢私下偷取我御車而駕，又把吃過的桃分給我吃！」

韓老人家最後感嘆地按語曰：「彌子的作為沒有改變，只不過由於靈公愛之於前，憎之在後呀！」

各位讀者，這個故事教訓我們甚麼？

當權者自然有他一套賞、罰的邏輯。同一件事情，可作稱讚的理由，亦可作懲罰的原因。鄙人經常感嘆曰：「世上只有喜愛，沒有絕對是非的。」吾友當律師者亦嘗言：「真理並不一定合理，合理者鮮為真理。」

感嘆一番之餘，依俗例敬祝韓先生泉下快樂！

後學　劉天賜僖拜

第四章

小寶神功語錄

得勢應饒人。

《小寶神功》

人與人之間相處和洽、快樂，言語中要：

一、不亢不卑；

二、恰到好處；

三、真誠坦白；

四、並無他求。

《小寶神功》

為人做事，先要說出別人心中最放心的說話。

《小寶神功》

世上絕無不勞而獲的東西，絕無便宜的便宜。

《小寶神功》

十年樹木、百年樹人、一時樹敵。

《小寶神功》

留意：安多人用強盜的手段，君子的語態。

《小寶神功》

對上司、老闆一定不可直接道其非，也不能直接道其是，批評是是非非最好用適合的寓言。

《小寶神功》

世上的人都想自己威風、了得。就算口中如何謙虛，態度如何老實，心裏何嘗不想別人稱讚呢？

《小寶神功》

不是每個人天生「崩口」的，卻是每個人都有「崩口」的地方，我們要守護這塊最脆弱的神秘地帶。

《蓋世神功》

暗示優於明示，會意勝於明點。

《蓋世神功》

神氣活現，惹人討厭。

《蓋世神功》

上司、老闆用人，不外要求兩點：一字曰「才」；一字曰「忠」。

《蓋世神功》

高級人員必講抽象理論。

《處世金鐘罩》

對自己無限權力的慾望，是致命的死因。

《處世金鐘罩》

清高並不是厭惡利益，而是不貪婪不屬於自己的利益。

《處世金鐘罩》

人類社會，沒有「面子」這回事，大抵一半以上的歷史會改寫，另一半歷史不會發生。

《處世金鐘罩》

好勝、好偉大的慾望，使人強迫自己濫用權力。

《處世金鐘罩》

觀察別人最有效的角度是看他如何下台，如何告退，如何處理尷尬的情況。

《私人札記》

能夠饒恕別人，一定要練習甚麼事都從好處着想，從壞處着想，永遠不可以饒恕別人。

《私人札記》

好消息替人傳開去；壞消息盡快忘記，更不好多傳一人。

《私人札記》

別人罵你的時候，未必是你做錯；亦有可能是別人把錯推到你身上。別人怎樣惡罵，總要維持頭腦冷靜，想想他為甚麼罵我。

《私人札記》

武力只會征服土地，不能征服文化。

《私人札記》

得到甚麼都不珍惜，得閒最可貴。

《完全不正經》

能夠捨忙而得閒；
能夠捨利而安逸；
能夠捨名而享樂；
意境何其高雅。

《天賜良朋》

知道幸福，才有幸福。

《天賜良朋》

很容易滿足，所以很容易開心。

《天賜良朋》

人性到了毫無束縛、毫無牽制時，自然變成瘋狂。

《人間尤物》

凡老闆都會對成功的事情不輕易嘉許，恐怕下屬驕傲。

《電視風雲二十年》

身為主管的人，要像梁山泊的首領，對他的手下，視之為兄弟，視之為手足。

《電視風雲二十年》